LA
MORT
DE
NERON.
TRAGEDIE.

Par M. PECHANTRE'S.

Le prix est de 20. sols.

A PARIS,

Chez PIERRE RIBOU, proche les
Augustins, à la descente du Pont-neuf,
à l'Image S. Loüis.

M. DCCIII.

Avec Approbation & Privilege.

PREFACE.

APRE'S avoir exposé Neron aux plus rudes assaux de la Scene, n'y a-t-il pas de la témerité à moy d'oser le produire dans un plus grand jour & de l'abandonner à une plus rigoureuse censure ? Mais aprés avoir oüy les Critiques de plusieurs personnes judicieuses qui l'ont entendu, mon silence ne tiendroit-il pas d'une indolence, ou d'un orgüeil trop condamnable, si je ne répondois rien à leurs observations ? J'y ay donné toute l'attention que je devois, je les ay estimées d'un assez grand poids, pour me croire obligé d'y satisfaire : c'est-là ce qui m'engage à donner ma Piece au public, & d'accompagner son impression d'une Preface qui pourra peut-être contenter les esprits les plus justes & les plus intelligens.

On se récrie d'abord contre son sujet, & l'on prétend qu'un titre aussi odieux, aussi affreux que celuy de Neron ne sçauroit jamais soûtenir la dignité du Heros d'une Tragedie ; mais si la sculpture, outre les medailles qu'elles nous a laissées de

PREFACE.

Neron, en a fait un de ses plus beaux monumens par le Mausolée qui reste à Rome de cet Empereur le dernier des Cesars ; Pourquoy la Poësie, de qui les traits sont plus vifs & plus animez, n'en pourra-t-elle pas faire un de sa façon ? Aura-t-elle moins de privilege & de liberté que cette espece de peinture ? *Pictoribus atque Poëtis Quidlibet audendi semper fuit æqua potestas.*

En effet si nous considerons de plus prés les conditions que demande un sujet propre à cet art qui fait parler & agir les Heros aprés leur mort, nous trouverons qu'elles se réduisent à ce grand point, que ce sujet où ce Heros de Théatre nous presente par ses diverses faces des exemples dignes à suivre ou à éviter : *In quo possis vitæ exempla intueri velut in publico posita monumento, è quibus & quod frugiferum sit, capias, & quod fædum inceptu, fædum exitu sit, vites.*

Et quel autre sujet rassemble mieux que Neron les deux extremitez de ce precepte ? Les huit premieres années de sa vie furent non-seulement dignes d'être imitées, mais d'être même enviées par Trajan l'un des plus dignes Empereurs Romains ; dans la suite ce fut un Prince qui s'oublia, qui se démentit, qui se rendit indigne des respects dûs à sa naissance, & qu'on ne regarda plus que comme l'horreur de l'Univers.

PREFACE.

La Tragedie doit par tout inspirer l'horreur & la pitié, pour produire ce double
effet, Aristote veut que le Heros d'une piece
Tragique ne soit ny tout-à-fait scelerat,
ny tout-à-fait innocent, ny tout-à-fait sans
malice, ny tout-à-fait sans vertu, mais
qu'il tienne de l'un & de l'autre, si bien
pourtant qu'il panche plus vers le crime
que vers l'innocence ; qu'en un mot ce soit
un homme d'un rang trés-élevé, porté au
crime par son orgüeil & par sa violence,
cependant en qui l'on voye des traits & des
marques des plus hautes vertus : Un homme dans cette élevation ne sçauroit faire un
crime qui n'éclatte ; par-là il inspirera
l'horreur contre luy même.

> *Omne animi vitium tanto conspectius in se*
> *Crimen habet, quamò major qui peccat*
> *habetur.*

D'ailleurs sa puissance & sa cruauté pro-
duiront le terrible & le pitoyable ; le terrible pour ceux qu'il menace, le pitoyable
en faveur de ceux qu'il persecute : Mais si
ce même homme tout cruel, tout scelerat
qu'il est, ayant en soy un mélange de
grandes vertus, vient par un soudain revers
à tomber de sa grandeur dans le dernier accablement, ou dans les mains de ses ennemis, il excite dés-lors la crainte & la pitié
pour luy-même. A peine le void-t-on

dans ce triste état qu'on oublie ses crimes,
& qu'on rappelle tout ce qu'on a connu de
grand en luy : Chacun reconnoissant peut-
être en soy de panchans pareils aux siens,
tremble pour ce malheureux, plaint son
infortune, se met en sa place, par cela seul
qu'on sent en soy quelque chose qui luy
ressemble. C'est en ce sens qu'Aristote
nous dit que la crainte & la pitié ne tom-
bent que sur ceux qui nous ressemblent.
Voilà quel doit être le sujet ou le Heros
de la Tragedie selon ce grand Maître.

Neron au point que je le prens, étoit fier,
cruel, emporté, pressé par les remords de
ses crimes, mais toûjours prêt à en com-
mettre des nouveaux, sensible à la gloire
qu'il avoit quittée, mais incapable d'en
réprendre la veritable route. De temps en
temps un foible souvenir de ses premieres
vertus luy representoit ses vices dans toute
leur horreur ; mais aussi-tôt il dissipoit ces
sages idées par celles du luxe & des plaisirs.
Entrainé par ce torrent il tombe de precipice en precipice, la fureur s'empare de son
esprit, tout le monde l'abandonne ; dans
cet abandonnement il se reconnoît, mais
en vain ; & ne pouvant plus reparer le passé ny se relever de sa chûte, il se condamne comme criminel, comme parricide, il
voit la mort avec toute son horreur, & a le

courage de se la donner.

Ce contraste de ses dernieres années avec les premieres, cette opposition des vertus & des vices dans sa personne, quoyqu'en divers temps, ce mélange des mouvemens contraires qui devoient l'agiter sans cesse, enfin ce passage si prompt de la plus haute fortune dans une extrême desolation m'ont fait regarder ce sujet comme un des plus tragiques que l'histoire puisse nous presenter, & quand il ne feroit que nous faire voir combien le pas est glissant de la vertu au vice, & de l'état le plus heureux au plus miserable, lorsqu'on ne sçait pas se moderer, ny faire un bon usage de ce que l'on possede, je le considere comme un des plus instruisans pour toute sorte de personnes de quelque condition qu'ils puissent être.

On condamne en second lieu le dessein de ma piece, & l'on prétend que je ne sçaurois concilier dans un même jour le mariage de Neron & de Poppée avec leur mort, ny avec celle d'Octavie, qu'en un mot il ne sçauroit m'être permis de réünir dans le cours d'un soleil des faits que tout le monde sçait être separez par un intervalle de plusieurs annees.

Je pourrois d'abord me défendre par l'exemple des plus grands Maîtres qui ne se sont pas fait un scrupule de passer par des

PREFACE.

fus cette rigoureuſe obſervation des temps ;
pour peu qu'on ſoit éclairé dans l'hiſtoire,
on peut reconnoître ces anachroniſmes
dans Rodogune, dans Heraclius, dans Mi-
thridate & dans la plus grand part de nos
piéces les plus celebres. Je pourrois me
relever auſſi de ce prétendu manquement
par les regles de l'art qui me diſpenſent
de ſuivre ſcrupuleuſement le vray, & qui
ne m'engagent qu'à ſuivre le poſſible & le
vray-ſemblable. Tout le monde ſçait
qu'un Poëte n'eſt pas l'eſclave de l'hiſtoire, mais le Maître de ſon deſſein & de
ſon ſujet, qu'il n'eſt pas tenu de dire au
juſte, ny quand, ny comment une action
s'eſt faite ; mais comme elle a dû & pû ſe
faire dans le temps & le lieu déterminé
pour ſa repreſentation. Cette unité du lieu,
cette unité du jour ſont aſſûrement des regles bien gehennantes, & qui ſouvent ſem-
blent ne pouvoir ſuffire à l'étenduë d'une
grande action. Quelle apparence que tout
ce qui ſe paſſe dans le Cid & dans les
Horaces, ſe puiſſe accomplir en un jour &
dans un lieu ſeul : C'eſt icy le grand art
de la Poëſie ; ſon premier but eſt de faire
paſſer ſon illuſion & ſon impoſture pour
auſſi veritable que la verité même ; elle
doit certaine ment bâtir ſur le vray ; mais
elle doit auſſi de ſon côté inventer, & mê-

ler fi finement le vray à ce qu'elle aura in-
venté, que l'un paffe à la faveur de l'autre,
& que le tout foit également crû, également
ment bien receu.

Pour en venir là, la Poëfie a fes ref-
forts & fes moyens ; le Poëte n'a qu'à
les bien ménager, qu'à les bien employer,
il réüffira ; s'il ne réüffit pas, & qu'il trouve des efprits ou trop indociles ou trop fur
leurs gardes pour fe laiffer entraîner à l'ar-
tifice de fon Poëme, il aura du moins fait
fon devoir, & on n'aura rien à luy reprocher : Il s'agit donc de fçavoir fi j'ay bien
ou mal lié dans ma piece ces quatre faits
feparez les uns des autres par un intervalle de temps fi confiderable.

Les deux grandes fources de la vray-
femblance font, l'une le mélange du vray,
connu & adroitement inferé parmy ce
qu'on invente ; car il eft certain que l'éclat
de la verité authorife l'apparence de l'in-
vention, & donne même du credit au men-
fonge.

L'autre, c'eft cette fuite où cet enchaî-
nement de divers évenemens qui fe fui-
vent neceffairement les uns les autres, fi
bien qu'après en avoir veu un, on s'attende
à voir arriver l'autre, & qu'on n'en voye
aucun qui n'ait fon fondement & fa caufe
dans la piece.

PREFACE.

Ce sont les machines dont je me suis ser-
vi pour remüer tout le corps de ma piece,
& pour en lier les principaux évenemens ;
en voicy toute la construction en peu de
mots. L'Empire fatigué des cruautez de
Neron s'étoit de tous costez soûlevé contre luy, Rome régorgeant de sang ne tenoit plus à ce Prince que par un reste d'attachement & de fidelité pour ce nom des
Cesars, & ne souffroit Neron sur le thrône
que pour y conserver Octavie, seule fille
du sang d'Auguste.

Neron qui tenoit l'Empire de la main
de cette Princesse, songe à épouser Poppée, mais il croit auparavant devoir consulter le Senat : le Senat s'y oppose trés-
fortement : Neron piqué de sa resistance se
détermine à passer outre, repudie Octavie,
la condamne à l'exil sous pretexte de quelque fausse accusation, & met enfin Poppée
en sa place. Octavie qui ne vouloit ny vivre sans regner, ny regner qu'avec un
Prince de sa race, prefere une mort volon-
taire à un exil infame, & qui même ne
pouvoit manquer d'être suivi de sa mort.
Voila ce qui rend la catastrophe d'Octavie
necessaire dans le jour même de son divorce ou de son abandonnement. Une Romaine d'un cœur aussi grand que le sien ne pouvoit, ny ne devoit survivre à cet affront.

PREFACE.

Neron cependant paroît presque dans
tout le cours de la piece obsedé par l'ombre d'Agrippine : voicy comme Tacite le
peint aprés le meurtre de sa mere ; *Confe-
Eto scelere mæstus ; incolumitati suæ infensus,
morti parentis illacrimans, modo per silentium
defixus, interdiu pavore exsurgens ac mentis
inops ;* Vous voyez là un homme que l'image de son crime agite sans cesse, saisi d'horreur, detestant sa vie, immobile pendant
un temps, un moment aprés transporté ;
s'élevant en sursaut, en un mot furieux.
Neron étant à l'Autel sur le point de donner la main à Poppée, croit voir cette ombre vangeresse plus irritée le suivre de plus
prés & le tourmenter davantage : Neron
paroît dés ce moment plus transporté, rien
ne peut tenir en sa presence.

D'où vient, me dira-t-on, que la fureur de cette ombre redouble au moment
que Neron est prêt d'accomplir son nouveau mariage ? C'est icy un mystere de la
Religion des Payens ; ils prenoient ces
ombres pour des genies, & ces genies pour
des Divinitez qu'ils appelloient Manes,
Dis manibus sua sacra sunto. Ces genies
étoient les mêmes esprits qui avoient ani-
mé les mortels dans ce monde, & qui con-
servoient aprés s'être separez de leurs corps
les mêmes sentimens qu'ils avoient eus du-

rant leur vie. C'eſt ainſi que Virgile donne à l'ombre de Didon le même eſprit de vangeance contre Enée, que cette Reine avoit conçû contre cet ingrat, quand il la quitta, *Omnibus umbra locis adero, dabis improbe pœnas.* Or Agrippine avoit-elle ſeule pratiqué le mariage de Neron avec Octavie, elle étoit jalouſe de la foy de Neron pour cette Princeſſe; Neron viole ſa foy & en rompt les ſacrez neuds; l'ombre d'Agrippine irritée punit ce fils perfide, le trouble, l'aveugle, & lui inſpirant un dernier tranſport, le force à tuer de ſa main ſa nouvelle Epouſe en ſortant de l'Autel: c'eſt ce qui fonde la mort de Poppée au moment de ſon mariage.

Mais Agrippine n'en demeure pas là; en abandonnant Neron elle luy rend la connoiſſance, & le met en état de ſe reconnoître l'autheur de la mort de ſa chere Poppée. Cette reconnoiſſance le porte à une fureur pire que la premiere: la raiſon qui luy revient, le rend déteſtable à luy-même, le fait revolter contre les Dieux; il les accuſe de l'avoir laiſſé trop long-temps vivre; il s'accuſe, il ſe condamne, il ſe rend enfin juſtice en ſe donnant la mort.

Cette cataſtrophe, que produit cette reconnoiſſance, eſt eſtimée par Ariſtote la

plus

plus belle qu'on puisse mettre sur le Théatre ; *Melius est ignorantem fecisse, cùm autem
fecerit agnovisse, sceleratum enim non adest,
& agnitio stuporem gignit.* Quand malheu-
reusement on tuë quelque personne bien
chere sans la connoître ; le crime ne se trouve pas dans cette action ; & dés qu'on connoît sur qui le coup est tombé, cette con-
noissance produit l'étonnement & ensuite
la fureur & le desespoir.

Il est clair par la construction de mon
dessein & par les suppositions que j'ay faites, tant historiques, qu'inventées, mais
cependant bien fondées, que ces trois
catastrophes d'Octavie, de Poppée &
de Neron peuvent & doivent même arriver dans un même jour & que leur vrai-
semblance est soûtenuë d'une espece de
necessité.

Enfin le caractere de Poppée est l'article
qu'on condamne le plus dans cette piece.
On ne peut souffrir que Poppée aprés tant
de marques de tendresse données à Othon,
aprés tant de sermens de ne la quitter jamais, semble se rendre à Neron dés le
premier aveu que ce Prince luy fait de son
amour. Rien n'est plus injuste que ce reproche ; Poppée bien loin de se rendre aux
offres de Neron s'en défend avec beau-

é

coup de respect, & même avec beaucoup
de fermeté; elle avoüe à l'Empereur qu'elle
est prevenuë pour Othon, luy fait connoître par ses soûpirs & par ses larmes, la
peur qu'elle a de s'en voir separer ; Neron
la menace de perdre son amant ; cette menace l'étonne, mais ne l'ébranle pas, l'Empereur la retient comme captive , & Poppée se retire sans luy rien promettre.

Il est vray que Poppée ne témoigne pas
la même fermeté avec sa Confidente. On
la voit alors chanceler , tantôt pancher
pour sa gloire, tantôt pour son amant :
c'est enfin icy qu'elle se découvre & qu'elle
fait voir son cœur possedé par deux passions qu'elle avoit au souverain degré,
l'amour & l'ambition.

Celle-cy l'ébranle à la verité par cet éclat
du premier rang, & la force malgré son
amour à pancher du côté de l'Empire,
mais un moment aprés son amour l'a rameine à sa fidelité, & si elle succombe aux
conseils de Fulvie, ce n'est qu'à la vûë de
la foudre prête à tomber sur la tête de son
amant ; les divers mouvemens que luy cau-
sent ces deux passions, luy donnent le caractere d'une personne inégale : aussi est-ce
ainsi que je la peins, & que je la dois pein-
dre, selon ce precepte d'Aristote. *Si quidam*

inæqualis fuerit suppositus , inæqualem cum oportet esse.

Mais , me dira-t-on, il falloit donc marquer ce caractere ambitieux en elle , & ne le marque-t-elle pas assez par cette ouverture de cœur qu'elle fait à sa Confidente , ou elle luy declare que son amour pour Othon commença par la seule esperance de le voir regner , & n'étoit fondé que sur la foy des Oracles qui luy promettoient l'Empire. Othon ne luy reproche-t-il pas que ce n'est que la gloire qu'elle aime ? En faut-il davantage.

Poppée est donc ambitieuse , mais elle a un veritable amour, & je pretens qu'elle ne le dément jamais , & qu'elle n'est pas infidelle ; elle ne se rend que par force & comme captive ; elle se rend par la crainte de voir perir ce qu'elle aime ; & luy seroit-il permis de laisser perir son amant à force de l'aimer , quand elle peut le sauver ? Un dépit même contre Octavie , & le desir de se vanger de son mépris outrageant, acheve de la déterminer : Ce sont là les motifs qui doivent justifier Poppée , & c'est tout ce que je puis dire pour sa défense.

A l'égard de ma verification , sans affecter ce sublime soûtenu par l'hyperbole , la metaphore ou l'amphafe , j'ay tâché d'y faire paroître la dignité fans fafte , le naturel & la netteté fans baffeffe ; j'ay cherché mes figures , plus dans les mouvemems de l'ame , que dans le jeu des mots ; j'ay mieux aimé confulter le cœur que l'efprit , & ma principale étude a été d'ajufter mes penfées au caractere de mes perfonnages. Je laiffe aprés cela à mon Lecteur l'entiere liberté de porter touchant ma piece tel jugement qu'il luy plaira.

APPROBATION.

J'Ay lû par ordre de Monseigneur le Chancelier la Tragedie intitulée, *Neron*, & n'y ay rien trouvé qui en doive empê- cher l'impression. Fait à Paris ce 21. Mars 1703. FONTENELLE.

PRIVILEGE DU ROY.

LOUIS par la grace de Dieu Roy de France & de Navarre, à nos amez & feaux les Gens tenans nostre Cour de Parle- ment, Maistres des Requestes ordinaires de nostre Hostel, Grand Conseil, Prevost de Paris, Baillifs, Senechaux, leurs Lieu- tenans Civils, & autres nos Justiciers qu'il appartiendra, SALUT. PIERRE RIBOU Libraire à Paris Nous ayant fait remontrer qu'il desireroit donner au public une nou- velle piece de Théatre, sous le titre de *la Mort de Neron, Tragedie* par le Sieur PE- CHANTE'S, s'il Nous plaisoit luy accorder nos Lettres de Privilege sur ce necessaires : Nous luy avons permis & accordé, per- mettons & accordons par ces Presentes de faire imprimer ladite Tragedie par tel Im- primeur qu'il voudra choisir en telle forme, marge , caractere , & autant de fois que bon luy semblera, & de la vendre ou faire vendre & debiter par tout nostre Royaume pendant le temps de quatre années consecutives, à compter du jour & datte des Presentes: Faisons deffenses à tous Imprimeurs, Libraires & autres, d'imprimer, vendre & debiter ladite Tragedie sous quelque pretexte que ce soit, mesme d'impression étrangere ou autrement, ny d'en faire aucuns Extraits sans le consentement de l'Exposant ou de ses ayans cause, sur peine de confiscation des Exemplaires contrefaits, de quinze cens-livres d'amande contre chacun des contrevenans, aplicable un tiers à Nous, un tiers à l'Hostel Dieu de Paris, l'autre tiers audit Exposant, & de tous depens, dommages & interests : à condition que l'impression s'en fera dans nostre Royaume & non ailleurs , en beaux papiers & bons caracteres , conformément aux Reglemens de la Librairie; qu'avant que d'exposer lad. Tragedie en vente il en sera mis deux exemplaires dans nostre Bibliotheque publique , un autre dans le Cabinet des Livres de nostre Chasteau du Louvre , & un en celle de nostre très-cher & feal Chevalier Chancelier de France le Sieur Phelypeaux Comte de Pontchartrain Commandeur de nos Ordres ; & que ces Presentes seront registrées-

és Registres de la Communauté des Imprimeurs & Libraires de Paris, le tout à peine de nullité d'icelles ; du contenus desquelles Nous vous mandons & enjoignons de faire joüir l'Exposant ou ses ayant cause pleinement & paisiblement, cessant ou faisant cesser tous troubles & empêchemens contraires. Voulons que la copie des Presentes qui sera imprimée au commencement ou à la fin de lad. Tragedie soit tenuë pour dûëment signifiée, & qu'aux copies collationnées par l'un de nos amez & feaux Conseillers-Secretaires foy soit ajoûtée comme à l'Original. Commandons au premier nostre Huissier ou Sergent de faire pour l'execution des Presentes toutes significations, deffenses, saisies & autres actes requis & necessaires sans demander autre permission, & nonobstant clameur de haro, chartre normande & Lettres à ce contraires. Car tel est nostre plaisir. Donné à Versailles le vingt-quatriéme jour de Mars l'an de grace mil sept-cens-trois, & de nostre Regne le soixante. Par le Roy en son Conseil. LEFEBURE. Et scellé du grand Sceau de cire jaune.

Registré sur le Livre de la Communauté des Libraires & Imprimeurs, conformément aux Reglemens. A Paris ce 3. Mars. 1703.
Signé, TRABOUILLET, *Syndic.*

ACTEURS.

NERON, Empereur Romain.

OCTAVIE, Imperatrice, Epouse
de Neron.

OTHON, Seigneur Romain, Favory
de Neron & Amant de Poppée.

POPPE'E, illustre Dame Romaine.

NYMPHIDIUS, Prefet du Pretoire.

TRASEAS, Tribun du Peuple.

ANICETE, Affranchy de Neron.

EMILIE, Confidente d'Octavie.

FULVIE, Confidente de Poppée.

*La Scene est à Rome dans
le Palais de Neron.*

LA

LA MORT DE NERON.

TRAGEDIE.

ACTE I.

SCENE PREMIERE.

OTHON, NYMPHIDIUS.

NYMPHIDIUS.

Uoy ! c'eſt Othon , c'eſt vous, Seigneur avant le jour,
Eh ! quel ſoin ſi preſſant vous emmei-
ne à la Cour ?

OTHON.

J'ay long-temps attendu le retour de l'aurore,
Amy ! que fait Neron ? repoſe-t'il encore ?

A

Sès yeux font-ils fermez au Soleil qui nous luit ?
NYMPHIDIUS.
L'Empereur cherche en vain un repos qui le fuit,
Pour calmer de fon cœur l'extreme violence,
La nuit lui preste en vain, & l'ombre & le filence;
Dans le fein du fommeil toûjours mal affermi,
Il n'ofe à fa douceur fe livrer qu'à demi ;
S'il ferme quelquefois fa paupiere pefante,
De cent fpectres divers un Image effrayante
I'inquiéte, l'agite & le rend tranfporté.
OTHON.
Dés que fes yeux feront ouverts à la clarté,
Le vif éclat du jour diffipera fa peine.
NYMPHIDIUS.
Loin de la diffiper, le Soleil la rameine,
Et durant tout le cours du jour, & de la nuit,
Toûjours la même horreur le trouble, le pourfuit;
Ou le Phantôme affreux d'une Mere fanglante,
Ou l'afpect importun d'une Epoufe vivante
Obfedent tour à tour d'un œil trifte & jaloux,
L'une fon propre fils, & l'autre fon époux.
Contre ces deux objets Neron n'a point d'azile,
Et tout nôtre fecours lui devient inutile.
Vous feul... Seigneur, vous feul...
OTHON.
                    Ah ! cher Nymphidius,
Qu'un jeune Prince né pour les hautes vertus,
S'il fe livre au torrent de la toute puiffance,
Trouve un penchant aifé vers l'extreme licence,
Et que s'abandonnant au gré de fes defirs,
Il s'expofe à fentir de cruels déplaifirs !
Neron tant qu'il fuivit fa pante naturelle,
D'un parfait Empereur fut le digne modelle,
A peine fur le Trône on le vit établi,
Qu'il y fit admirer un Monarque accompli ;

Mais dés qu'empoisonné par de fausses maximes,
Il crut pouvoir franchir les bornes legitimes,
Et que de sa grandeur follement enyvré,
Il fit de ses desirs son droit le plus sacré,
On le vit aussi-tôt en aveugle & sans guide,
Courant de crime en crime aller au parricide,
Et se faire une loi de n'épargner jamais,
Rien qui peut s'opposer à ses moindres souhaits:
Il ressent aujourd'huy la peine de ses crimes,
Et le reproche affreux du sang de ses victimes:
Heureux, s'il rappelloit par un beau repentir,
Sa premiere vertu prête à s'aneantir.

NYMPHIDIUS.

Pour rappeller, Seigneur, sa premiere conduite,
Neron n'a pas besoin d'un ami qui l'irrite.
Vous seul par l'ascendant que vous avez sur luy,
Vous seul pourriez, Seigneur, appaiser son ennui,
Et prévoyant de loin les horreurs du naufrage,
Escarter de sa tête un dangereux orage.
Il en est temps encor ; & vous avez appris.....

OTHON.

Je sçay que contre luy tous les cœurs sont aigris,
Qu'il a des ennemis publics, & domestiques,
Que Didius icy par ses sourdes pratiques
A gagné Tigellin, & ses Pretoriens,
Qu'il est maître du Peuple, & des Patriciens;
Qu'en la Gaule Vindex, Galb. dans l'Yberie,
Qu'aux Côtes de l'Affrique, & dans la Germanie,
Et Macer, & Ruffus se sont tous revoltez,
Qu'on menace Neron enfin de tous côtez ;
Mais du nom des Cesars Rome toûjours charmée,
Sous un si noble joug s'est trop accoûtumée,
Pour recevoir jamais dans le suprême rang
D'autres que des Heros sortis d'un si beau Sang ;

Neron est le dernier des Princes de sa race ;
Octavie herita de cette auguste place,
L'himen de leur naissance a rassemblé les droits,
Et Rome avec respect est soûmise à leurs loix ;
Tant qu'à ses sacrez nœuds Neron sera fidelle,
Le Senat contre tous soûtiendra sa querelle :
Mais, si pour Octavie oubliant son devoir,
Neron peut la bannir pour ne plus la revoir ;
Le Senat indigné de son ingratitude,
S'affranchira d'un joug trop superbe & trop rude.
Et cessera dés-lors de s'en montrer l'appui.

NYMPHIDIUS.

Je vois tout l'Univers conjuré contre lui ;
Son plus puissant secours dans Rome est Octavie,
Cependant aujourd'huy Neron repudie :

OTHON.

Quoy ! Neron insensible à toutes ses vertus,
Ingrat à ses bienfaits ?

NYMPHIDIUS.

       Seigneur, n'en doutez plus ;
Soit que d'un bel objet le doux charme l'attire,
Soit qu'il songe à donner des Cesars à l'Empire,
Las d'un hymen sterile ou peut-être amoureux,
De sa foy conjugale il va rompre les nœuds.

OTHON.

Quel temps choisit Neron pour ce fatal divorce ?
Mais quel est donc l'objet dont la puissante amorce
A pû......

NYMPHIDIUS.

    J'ignore encor cet objet fortuné,
Et Neron pour ce choix n'est point déterminé,
Et Junie, & Faustine, & cent autres Rivales,
En Grandeur, en Noblesse, en Beauté sans égales,
Semblent se disputer l'Empire de son cœur,
Et je n'en puis encor démêler le Vainqueur.

OTHON.

Mais parmi ces beautez si celebres dans Rome,
Parle-t-on de Poppée ?

NYMPHIDIUS.

On en parle, on la nomme.

OTHON.

L'Empereur m'a paru frappé de ses attraits ?

NYMPHIDIUS.

Voudroit-il de vos cœurs troubler l'heureuse paix?
Il sçait que vous l'aimez, il sçait qu'elle vous aime,
Et Neron vous cherit comme un autre lui-même.

OTHON.

Je le connois; Neron ne veut rien à demi,
Et Neron amoureux ne connoît point d'ami.
S'il aime enfin Poppée, elle est pour moi perduë.

NYMPHIDIUS.

Mais c'est vous qui l'avez exposée à sa veuë.

OTHON.

Et c'est ce qui le plus doit me desesperer.
Quelle faute ! grands Dieux ! puis-je la reparer ?
Quelque bien qu'on possede, est-il en assurance,
Si l'on ne le possede en gardant le silence ?
Ah ! quand de ses douceurs l'amour peut nous flat-
      ter,
Pourquoy n'en pas joüir sans les faire éclatter ?
J'aimois, j'étois aimé : charmé de ma victoire,
Je voulus à Neron faire part de ma gloire.
Que m'est-il revenu de tant de vanité ?
Neron a veu Poppée, il en est enchanté.
Dés ce jour son mépris s'accroît pour Octavie,
Il estime mon choix, il le loüe, il l'envie ;
Il m'en parle souvent en mots interrompus,
Par son silence même il m'en dit encor plus :
Mais ce qui rend mon ame enfin persuadée,
Poppée en ce Palais est de sa part mandée.

Et c'est ce seul avis qui troublant mon sommeil,
M'a fait de l'Empereur devancer le réveil.
NYMPHIDIUS.
Il est vray qu'en ce jour un spectacle s'aprête,
Et Poppée aura part sans doute à cette fête.
Nous verrons si Neron. . . . Mais il vient. Je le voi.

SCENE II.

OTHON, NERON, NYMPHIDIUS.

OTHON.
Dieux ! quel est son transport ?
NERON.
Spectre affreux laisse-moy.
Ouy ! je l'épouseray, mere injuste & cruelle ;
Chere Poppée arrête ! un Empereur t'appelle ;
Elle fuit à l'aspect de ce spectre fatal !
Ou peut-être elle va rejoindre mon rival ?
Suivons - la . . . Mais qui vois-je ? est-ce Othon ?
NYMPHIDIUS.
C'est lui-même ?
OTHON.
Qu'entens-je ? juste Ciel ! ma surprise est extreme.
NERON.
C'est Othon. . . . .
OTHON.
C'est donc moi ce rival odieux ?
Et comme un ennemi je parois à vos yeux ?
NERON.
Non, je ne te hai point : mais j'adore Poppée ;
Et tu m'en vois encor l'ame toute occupée ;

J'ay crû la posseder au fort de mon sommeil ;
Et sa fuite trop prompte a causé mon réveil.
Je crois la voir encor. Ciel ! sa beauté rassemble
Des celestes beautez tous les charmes ensemble ;
Quel mortel ne seroit touché de ses appas ?
Les Dieux, même les Dieux ne s'en deffendroient
    pas ;
Il te souvient du jour où plein de confiance
Ton amour conduisit Poppée en ma presence.
D'un seul de ses regards par ses beaux yeux lancé
Jusqu'au fonds de mon cœur je me sentis blessé ;
De tous ses traits de feu rassemblez dans mon ame
Il s'alluma soudain une secrete flamme.
En vain mon amitié voulut en triompher,
Je n'ay fait que l'accroistre au lieu de l'étouffer.

OTHON.

Helas ! si vous l'aimez, Seigneur, quel temeraire
Pourroit vous disputer l'objet qui peut vous plaire.
Et ne seroit-ce pas me connoître trop mal,
Que d'oser de mon Prince estre encor le rival ?
Vous pouvez disposer de mon sort, de ma vie :
Mais puis-je... Helas ! Seigneur, perdrez-vous
    Octavie ?
Elle dont les vertus......

NERON.

                    Qu'oses-tu m'opposer ?
Ah ! toute sa vertu commence à me peser.
Je crois en la voyant voir l'ombre de son frere,
Et je vois dans ses traits tous les traits de son pere,
D'un pere qui toûjours me reproche à grands cris,
Et le don d'un Empire, & le Sang de son fils :
Mais les charmes flatteurs que je vois dans Poppée,
Sont les seules vertus dont mon ame est frappée.

OTHON.

Mais vos nœuds font facrez ; pourrez-vous les bri-
    fer ?
Sur quoy que vôtre cœur fe puiffe autorifer,
Vous fçavez trop de qui vous tenez vôtre Empire.

NERON.

Ah ! je ne fçay que trop tout ce que tu veux dire ;
Ouy ; c'eft de Claudius, Othon, que je le tiens ;
Tout le monde le fçait , & je m'en reffouviens.
Claudius m'adopta , m'unit à fa famille ,
Et m'ayant honnoré de l'hymen de fa fille ,
Aux charmes de ma mere aveuglement foûmis :
Pour m'élever au Trône il en priva fon fils.
Mais moi depuis long-temps l'efclave d'Octavie ,
Je ne fais que traîner une penible vie ,
Et cet hymen pour moi fi glorieux , fi beau ,
N'eft qu'un joug importun , qu'un trop pefant far-
    deau.
Poppée eft à mes yeux charmante , incomparable ,
Je ne voi fous le Ciel qu'elle feule adorable ;
Tu m'as fait de fes yeux reffentir le pouvoir ;
Et ce n'eft plus qu'à toy que je veux la devoir.

OTHON.

Helas ! vous pretendez à l'objet que j'adore ,
Vous eftes tout puiffant ; que voulez-vous encore ?
Pourquoy me voulez-vous contraindre à vous ceder
Un cœur que vous n'avez, Seigneur, qu'à deman-
    der ?
Sur le point de me voir fon poffeffeur tranquille ,
Je vous fis de ma flamme un aveu trop facile ;
J'aurois crû voir mes nœuds par vous autorifez ,
Et cependant c'eft vous , Seigneur , qui les brifez.
Vous voulez que mon cœur renonce à ce qu'il ai-
    me ,
Il faudroit donc pouvoir m'arracher à moi-même

Mais ma fidelle ardeur ne sçauroit se trahir ;
Et mon cœur jusques-là ne peut vous obeïr.
NERON.

Je ne puis condamner une flamme si belle :
Mais puis-je voir Othon à mes ordres rebelle ?
Othon, si cet objet te fut si precieux,
Pourquoy donc as-tu pû l'exposer à mes yeux ?
De ma nouvelle ardeur je ne suis plus le maître,
Déja mon amitié cesse de te connoître.
Je ne vois plus en toi qu'un rival trop suspect,
Et mon cœur s'effarouche enfin à ton aspect.
Va, ne m'irrite plus icy par ta presence,
Porte loin de mes yeux ta flamme, & ta constance.
Tu t'es fait de ton Prince un rival tout-puissant
Forcé de te bannir même en te chérissant ;
Va, cours, par tes exploits sur les rives du Tage,
Dans la Lusitanie exercer ton courage.
Va remplir ton devoir, & que l'Astre du jour,
A mes yeux pour jamais ne te montre en ma Cour.

OTHON.

Je sçai tout le respect que je dois à mon maître,
Je sçai jusqu'à quel point je dois vous reconnoître ;
Mais je suis homme enfin ; & vôtre autorité
Ne sçauroit m'arracher toute ma liberté.
Ouy ! j'adore Poppée, & pour m'éloigner d'elle
Je dois auparavant la connoître infidelle,
Et quoy qu'en la voyant il m'en puisse coûter,
Avant que je la quitte, elle doit me quitter.
Permettez pour le moins, Seigneur, que je la voye.
NERON.
J'y consens ; je veux bien t'accorder cette joye !
Tu peux la voir. Mais c'est pour la derniere fois.
OTHON.
O Ciel ! puis-je à ce prix... voyons-la toutes-fois

C'eſt mon dernier eſpoir; ſi je la vois fidelle;
Helas! je partirai content, ſatisfait d'elle;
Mais ſi l'ambition triomphe de ſa foi ,
Je partirai du moins , Seigneur, content de moi.

SCENE III.

NERON, NYMPHIDIUS.

NERON.

JE le plains; il ne va que redoubler ſa peine.
NYMPHIDIUS.
Il aura plus d'honneur , s'il peut rompre ſa chaîne.

SCENE IV.

OCTAVIE, NERON, NYMPHIDIUS.

NYMPHIDIUS.

MAis Octavie approche.
OCTAVIE.
                 Un important beſoin ,
M'engage à vous parler un moment ſans témoin.
NERON.
Qu'on nous laiſſe.

SCENE V.

OCTAVIE, NERON.

OCTAVIE.

MAlgré vos mépris , vôtre haine ,
Vôtre seul interêt jusqu'en ces lieux m'amcine ,
Je pourrai vous causer quelqu'importunité ,
Mais je dois vous parler pour vôtre seureté.
Songez à vous , Neron : aux deux bouts de l'Empi-
     re ,
Contre-vous dans la Gaule, en Espagne on conspire.
Et Vindex , & Galba Chefs de vos Legions,
Soûlevent contre-vous toutes les Nations ;
Tant de sang répandu , tant d'horreurs , tant d'al-
     larmes ,
Forcent enfin les cœurs à recourir aux armes :
Ils n'attendent qu'un Chef qui s'ose presenter ;
Et ce Chef est bien-tôt sur le point d'éclatter :
Jadis Germanicus mon ayeul , & le vôtre ,
Les armes d'une main , & les presens de l'autre ,
Au milieu des mutins alla se faire voir ,
Et sçut bien-tôt par là les reduire au devoir.
Imitez ces Heros , loin de ces vains spectacles ,
De la solide gloire ordinaires obstacles.
Allez à vos soldats montrer leur Empereur ,
Et d'un de vos regards désarmer leur fureur.
Je vous parle en Epouse & fidelle & sincere ;
Ce conseil vous déplaît ; mais enfin je prefere

D'un falutaire avis le genereux fecours,
Aux trompeufes douceurs d'un trop lâche difcours.

NERON.

Me faudra-t'il toûjours, Madame, à vôtre aproche,
Craindre quelque chagrin, fouffrir quelque repro-
     che ?
Toûjours par vos avis me verrai-je troubler ?
Toûjours par vos confeils me verrai-je accabler ?
C'eft peu d'ignorer l'art de regir mon Empire,
J'ay befoin d'un modele encor pour me conduire :
Depuis long-tems je regne ; & dans ce haut Emploi
Je n'ay jamais fuivi d'autre guide que moi :
De mes Predeceffeurs les Conquêtes rapides
Ont – elles pû dompter l'orgueil des Arfacides ?
C'eft moi, qui le premier ay dompté leur fierté,
Qui les ay fait fléchir fous mon authorité,
Forcé dans l'Orient d'adorer mes Images.
Tiridate eft venu me rendre fes hommages,
Me reconnoître icy comme Empereur Romain,
Et prendre à mes genoux fon Sceptre de ma main ;
Sur fes derniers débris Rome toute nouvelle
Reparoît par mes foins & plus riche & plus belle :
Ce ne font que Palais, que Theatres ouverts,
Que Cirques fpacieux, & que nouvelles mers.
Vous offrez à mes yeux, Madame, un grand exem-
     ple,
Je m'en propofe un autre & plus noble & plus am-
     ple.
Augufte fçut-il pas avec le même éclat
Se montrer dans les jeux, & gouverner l'Etat ?
Je tâche à me regler fur fes propres maximes ;
Il eft vray, j'ay puni, j'ay vengé des grands crimes,
A répandre du fang je me fuis vû forcé ;
Mais Augufte & Tibere en ont - ils moins verfé ?

                                   Pour

Pour tenir surement tout l'Empire en balance,
Je sçay de tous côtez porter ma vigilance :
Rome tient le milieu de cet immense corps ;
Et j'en puis faire agir d'icy tous les ressorts.
C'est d'icy que je vois les troubles de l'Asie,
Ce qui se passe en Gaule, & dans la Germanie.
Du dedans, du dehors pleinement averti,
Je sçais.... & j'ay déja sçu prendre mon parti :
Vous en pourrez bien-tôt apprendre des nouvelles.
Je crois tous vos conseils sinceres & fideles,
Vous me les donnerez, quand j'en aurai besoin ;
Mais je crois vous devoir épargner ce grand soin.

OCTAVIE.

Je vous entends, Seigneur ; oüi vous pourrez sans
    peine
M'ôter avec ce soin le rang de Souveraine,
Cet éclat, ou plûtôt cette ombre de grandeur,
Et cette liberté de vous ouvrir mon cœur ;
Mais rien ne m'ôtera l'attachement, le zele,
Que doit avoir pour vous une Epouse fidelle,
Ni l'extrême desir de voir benir vos jours,
De vous voir par la gloire en étendre le cours,
Et par une conduite aussi sage que juste
Meriter tous les noms donnez au grand Auguste ;
Ce sont là les seuls vœux que je feray pour vous.

SCENE VI.

NERON seul.

APrés des sentimens si nobles & si doux,
Ciel ! comment se peut-il qu'à la vertu sensible
Mon cœur avec le sien demeure incompatible,

Et que même en secret forcé de l'estimer
Avec tant de douceur je ne puisse l'aimer ?
Mais quoi ! me dois-je faire une éternelle peine
D'une fidelité qui peut être la gêne ?
Ah ! ne nous rendons pas esclaves du devoir,
Pour être heureux Amant je n'ay qu'à le vouloir.
Suivons le doux penchant que l'amour nous inspire,
L'interest de mon cœur, celuy de mon Empire,
M'engagent pour Poppée à rompre ce lien ;
Et quiconque peut tout ne se refuse rien.

Fin du premier Acte.

ACTE II.
SCENE PREMIERE.

POPPE'E, ANICETE.

POPPE'E.

NE me flattes-tu point d'une vaine espé-
rance ?
Puis-je sur tes discours fonder quelque
assûrance ?
Se peut-il que Neron ?....

ANICETE.

Neron, n'en doutez pas,
Va d'un nouveau spectacle honorer vos appas.
Il prepare en ce jour une superbe fête,
Et ce n'est que pour vous que sa Pompe s'aprête.

POPPE'E.

Othon y doit avoir la même part que moi,
Et ce n'est qu'à lui seul que j'ay promis ma foi ;
Mais je ne le vois point... quoique tu me promettes,
Je sens naître en mon cœur mille fraieurs secretes.
Au seul nom de Neron, je frissonne, je crains.

ANICETE.

Tous les Amants se font mille fantômes vains,
Leur cœur toûjours troublé par l'espoir, par la
crainte,
Fait son plus doux plaisir d'une inutile plainte ;

De grace baniſſez certe injuſte terreur ;
Vous tiendrez vôtre Epoux des mains de l'Empe-
reur.
Vous en devez, Madame, être perſuadée.
POPPE'E.
Je n'oſe me flatter d'une ſi douce idée.
Mais quoy ! pour m'annoncer un deſtin ſi charmant,
Othon auroit-il pû manquer d'empreſſement ?
Que bien-tôt ſon amour fut venu m'en inſtruire ?
ANICETE.
Neron s'eſt reſervé le ſoin de vous le dire,
Et je vai l'avertir que vous êtes icy.
POPPE'E.
Si tu peux voir Othon.... Mais helas ! le voicy.

SCENE II.

OTHON, POPPE'E.

POPPE'E.

OThon ... & bien Othon, Ceſar nous favoriſe,
Et j'apprens qu'en ce jôur ſa preſence autoriſe
Cet Hymen ſi long-temps l'objet de nos deſirs.
OTHON.
Helas Madame, helas !
POPPE'E.
Que marquent ces ſoupirs ?
Quel changement ? parlez : expliquez-vous de grâ-
ce.
OTHON.
Puis-je vous declarer ma derniere diſgrace ?

Aprés ce qu'en ce jour Neron vient de m'ôter,
Je n'ay plus rien à craindre, & rien à souhaiter.
                POPPE'E.
De ce discours confus l'embaras m'importune,
Quelle est vôtre disgrace, Othon ? quelle infortu-
      ne ?
Croïez-vous que mon cœur n'ose la partager ?
En pouvez-vous douter même sans m'outrager ?
                OTHON.
Vous m'aimez, vos sermens m'ont permis de le
      croire :
Mais je vois vôtre cœur prevenu pour la gloire,
Et je ne crains qne trop qu'une si noble ardeur
Ne vous fasse oublier l'amour pour la grandeur.
                POPPE'E.
J'ay borné ma fortune à partager la vôtre,
Mon cœur ambitieux n'en sçauroit avoir d'autre,
Et la gloire, & l'amour seroient pour moy d'ac-
      cord,
Si l'amour avec vous pouvoit unir mon sort.
Mais quel est ce malheur que vôtre cœur me cache ?
Et quel est ce tresor que Neron vous arrache ?
                OTHON.
Il m'arrache l'espoir de pouvoir être à vous ;
Aussi perfide amy qu'il est perfide époux,
Il m'éloigne de Rome, il détrône Octavie ;
Il veut sous son Hymen vous tenir asservie,
Il vous épouse enfin.
                POPPE'E.
            Quoy ! Neron m'épouser !
Et mon Amant encor ose me l'annoncer !

                OTHON.
Peu content de me faire une telle injustice,
      Le cruel veut me rendre autheur de mon supplice,
                B iij

POPPE'E.

Et c'est pour ce dessein qu'il a pû me mander !

OTHON.

Vous sentez-vous le cœur prêt à le seconder ?

POPPE'E.

De cette lâcheté m'estimez-vous capable ?
Ah ! ce doute déja vous rend trop condamnable !
Sont-ce les sentimens que vous avez de moi ?
Quoyque puisse Neron , peut-il rien sur ma foy ?
Mon cœur est au dessus de toute sa puissance.

OTHON.

Eh ! que ne se permet son injuste licence ?
Quel obstacle, quel frein l'a jamais arrêté ?
Quel Autel par Neron fut jamais respecté ?
Et l'amitié trahie, & la foy profanée,
Vont former entre vous cet injuste Hyménée :
Rompre , briser les nœuds , les droits les plus sa-
        crez ,
Pour aller jusqu'à vous ; ce sont là ses degrez :
Ah ! si vous y pensez, pourrez-vous vous resoudre ?

POPPE'E.

Ah ! que plûtôt sur moi puisse éclatter la foudre ,
Qu'au gré de ce Tyran me laissant entraîner
Je puisse consentir à vous abandonner !
Mais par quel mouvement, par quel conseil sinistre
A-t'il pû . . . .

OTHON.

        De mes maux je suis le seul ministre.
Déja trop convaincu du pouvoir de vos yeux ,
Je voulus m'applaudir de mon choix glorieux ,
A l'aspect de Neron j'étalai tous vos charmes ;
Moy-même contre moy je lui prêtay des armes :
Il vous vit ; & soudain je reconnus trop bien
Que son cœur ne fut pas moins frappé que le mien ;

Je vis naître sa flamme, & dés ce moment même
Sa passion naissante, & son orgueil extrême
Me parurent se joindre ensemble, & dévorer
La beauté qu'à ses yeux je fis vœu d'adorer.
Voicy le jour enfin, où Neron se déclare.

POPPE'E.

C'est donc là cette Fête, Othon, qu'on nous pré-
　　pare ?
C'est donc là cet Hymen que je m'étois promis ?
Je ne le crois que trop.... Mais quoi ! m'est-il
　　permis
De croire que Neron jusqu'à ce point s'oublie ?
Quoi romproit-il pour moy ce saint nœud qui le
　　lie ?
Cette grande distance entre Octavie & moi,
Le hazard de tout perdre en lui manquant de foi ;
Son sang, sa pieté trop mal recompensée
L'obligeront sans doute à changer de pensée :
Les premiers feux d'un cœur sont toûjours violens ;
Mais enfin les plus prompts ne durent pas long-tems ;
C'est un volage amour, qu'un caprice a fait naître,
Et qu'un nouveau caprice enfin fait disparoître.

OTHON.

Ah ! Madame ! Neron fier & présomptueux,
Dans ses moindres desirs ardent, impétueux,
Fait sa suprême loi de son premier caprice,
Et son plus doux plaisir d'une extrême injustice ;
Poussé par son penchant, pressé par vos appas
Neron pour cet Hymen ne balancera pas ;
Et si sa passion étoit moins criminelle,
Peut-être qu'à ses yeux vous en seriez moins belle.

POPPE'E.

Je connois de Neron le cœur imperieux,
Je ne me flatte point du pouvoir de mes yeux.

Mais helas ! s'ils ont eû la force de luy plaire,
Que ce triste avantage à mes vœux est contraire !
Qu'ils m'auroient bien trahie au lieu de me servir.
A vôtre tendre amour Neron veut me ravir ?
Je me vois par son ordre en ces lieux retenuë,
Il ne manquera pas de paroître à ma veüë ;
Je cacherai mes yeux sous ces voiles épais,
Et par de froids regards j'émousserai leurs traits,
Et la crainte, & l'horreur jointe à mon air severe
Répareront le tort que ces yeux m'ont sçû faire.

O T H O N.

Ils ont beau se cacher ; l'ombre, l'obscurité
Ne fera qu'augmenter leur douceur, leur beauté ;
Ils ne feront enfin que redoubler sa flamme.

P O P P E' E.

Et je redoublerai ma constance. . . .

O T H O N.

Ah ! Madame,

Vous n'aurez pas toûjours la même fermeté ;
Bien-tôt un Thrône offert vaincra vôtre fierté.

P O P P E' E.

Non, cher Othon, sans vous la plus haute fortune,
J'en atteste les Dieux, me seroit importune.
Avec ce fier Tiran le Trône le plus beau
Me seroit un supplice ou plûtôt un tombeau ;
Ma foy sera pour vous inviolable & pure,
Et je mourray plûtôt que vous être parjure.

O T H O N.

Ah ! que ces sentimens ont dequoi me charmer !
Mais helas ! qu'ils ont droit aussi de m'allarmer !
C'est exposer vos jours que de vous trop défendre ;
Mais n'est-ce pas vous perdre aussi que de vous ren-
　　dre ?
A nul des deux partis je ne puis consentir,
Il me reste un moyen pour vous en garentir ;

Et la Gaule, & l'Espagne en partis divisées
M'offrent de deux côtez deux retraites aisées ;
Je vous réponds de moy ; mais de vôtre côté
Je ne demande rien qu'un peu de fermeté.

POPPE'E.

Ah ! vous pouvez sur moy compter en assurance ;
Mais Neron vient ; fuyez, évitez sa presence.

SCENE III.

NERON, ANICETE à part.

NERON.

Que t'a dit Octavie ?

ANICETE.

A vôtre ordre pressant
Elle n'a répondu, Seigneur, qu'en gémissant :
J'obéïrai, dit-elle.

NERON.

Et bien, qu'elle gemisse,
Pourvû qu'à mes desirs enfin elle obéïsse ;
J'ay besoin du Senat : appellons Traséas,
Mande-le de ma part : va.

ANICETE.

J'y cours de ce pas.

SCENE IV.

NERON, POPPE'E, TIGELLIN.

NERON.

C'Eſt-là Poppée ! ô Ciel ! que pourray-je luy
   dire ?

POPPE'E.

Vous me voyez, Seigneur, ſoumiſe à vôtre Em-
   pire ;
Surpriſe en ce Palais de tout ce que j'y voi,
J'attends avec reſpect vôtre ſuprême loy.

NERON.

Tout ce que vous voyez, Trône, Sceptre, Couronne,
Avec ma liberté, mon cœur vous l'abandonne ;
Puis-je de vous, Madame, à ce prix eſperer....

POPPE'E.

Vous pouvez tout, Seigneur, mais moi puis-je
   aſpirer
A ce dégré d'honneur, à ce haut avantage ?
Le Trône eſt d'Octavie un trop juſte partage ;
C'eſt au ſang des Ceſars....

NERON.

                Pour cet auguſte rang
Mon choix vaut pour le moins les titres de ſon
   ſang.
Nôtre Hymen fut icy l'ouvrage de ma mere,
Mon cœur n'y prit jamais qu'une part tres legere;
Octavie eût ma foy ſans mon conſentement,
Mais aujourd'huy, l'amour en diſpoſe autrement ;

L'amour m'attache à vous par de plus fortes chaînes.

POPPE'E.

Que de feux! Que de maux! Que d'horreurs!
    Que de haines
Par ce fatal amour allez vous allumer?

NERON.

Soit crime, soit vertu, Neron doit vous aimer;
Je sçay qu'en vous donnant la place d'Octavie,
J'attireray sur moy tous les traits de l'envie,
Que je vais soulever le peuple & le Senat,
Et me charger des noms de perfide & d'ingrat;
Mais doit-il m'en coûter pour avoir ce que j'aime,
Moins qu'il m'en a coûté pour le pouvoir suprême?
J'ay tout sacrifié, j'ay tout fait pour regner,
Pour estre heureux amant, dois-je rien épargner?
Je ne brûle pour vous que d'un feu legitime,
Et cependant ce feu m'entraîne dans le crime;
Du destin de Neron, tel est l'ordre éternel,
Qu'il ne peut estre heureux sans estre criminel.
Tant de liens brisez, tant de loix étouffées
De son amour pour vous sont autant de trophées;
Par là, de vôtre main, il ose se flatter,
Et par ce sacrifice, il doit vous meriter.

POPPE'E.

De quel étonnement, grands Dieux! suis-je frappée!
Cesar de sa grandeur décend jusqu'à Poppée,
Et moi jusqu'à Cesar, j'oserois m'élever?
Ah Seigneur! vous voulez sans doute m'éprouver;
Mon cœur dés le berceau fut de la gloire avide;
Mais dois-je me donner un essor trop rapide
Vers ce rang que vos mains daignent me presenter?
Ah! je vous trahirois si j'osois l'accepter;

Je vous rendrois, Seigneur , infidele, parjure,
J'offenserois en vous la gloire , la nature.
Tison de la discorde en ce malheureux jour ,
J'irois donc de mes feux embrazer vôtre cœur ?
Tombe plûtôt sur moi , Seigneur , vôtre colere.
Quel que soit cet aveu qu'il vous a plû me faire ,
J'aime trop Octavie , & ne puis voir en vous
Et que mon Empereur , & que son digne Epoux :
Je conçois vos bontez ; mais loin que j'en abuse
Souffrez qu'à leur excés mon ame se refuse ,
Et que me dérobant un moment à vos yeux
Je vous donne le temps de vous consulter mieux.

N E R O N.

Et quel autre conseil , Madame , puis-je prendre ?
Neron peut-il changer ? Neron doit-il attendre ?
De moment en moment je me sens transporter ,
L'attente & la raison ne font que m'irriter ;
Madame , au nom des Dieux , n'ajoûtez pas encore
De nouvelles fureurs au feu qui me dévore ;
Vous connoissez ma flamme & mon emportement,
Vous pouvez de Neron faire un tranquille Amant.
Bannissez désormais ces vaines déférances ,
Qui ne font qu'éloigner mes vœux , mes espe-
    rances ,
Et ne m'opposez plus ces termes de respect ,
Qui ne sont à mon cœur qu'un langage suspect ;
Vous voyez à vos pieds l'amour & la fortune ,
Mettez-vous au dessus d'une crainte importune ,
Et ne regardez plus que comme vôtre Epoux
Un Prince qui ne regne , & ne vit que pour vous.

P O P P E' E.

Puis-je m'abandonner à vôtre impatience ?
Ah ! Seigneur, pardonnez ma juste défiance !
J'irois

J'irois donc sur la foy d'un aveugle transport
Devôtre augusteHymen troubler l'heureux accord?
Octavie est aimable, elle est jeune ,elle est belle ;
Helas ! combien de fois prés de rompre avec elle .
De ses hautes vertus justement prévenu ,
Sous ses premieres loix estes-vous revenu ?
Peut-être encore un coup aprés l'avoir quittée,
La verrons-nous par vous aussi-tôt regrettée ?
Vous vous reprocherez ce manquement de foi,
Et la faute & la peine en tomberont sur moi.
Ah ! ne m'obligez pas ....
                    N E R O N.
                    Vains détours, vaine craintes!
Je ne vois que trop bien vos inutiles feintes ;
D'Octavie à mes yeux vous vantez les appas :
Ce zele a des raisons que vous n'expliquez pas,
Othon , Madame , Othon ....
                    P O P P E' E.
                         Je ne puis m'en défendre :
Vous me frappez , Seigneur , par l'endroit le plus
    tendre;
Nos cœurs estoient unis, & vous les separez :
Vous m'arrachez le mien, vous me défesperez :
Vous m'ôtez mon amant ....
                    N E R O N.
                    Vous lui donnez des larmes
Et je ne puis joüir de l'aspect de vos charmes.
Ah ! plûtôt de vos yeux vous devez le bannir,
Et même en étoufer jusques au souvenir.
                    P O P P E' E.
O Ciel ! rompre les nœuds d'une foy mutuelle ?
Se faire pour toûjours une chaîne nouvelle !
Oublier ce qu'on aime? & par ce changement
Je pourrois consentir à perdre mon amant ?
Que plûtost ! ....

                              C

NERON.

C'est à vous Madame à vous résoudre.
Je porte dans mes mains & le sceptre & la foudre :
Je la suspens encor, mais je la puis lancer.
Pour l'interest d'Othon, vous devez y penser.

POPPEE.

O ciel !

NERON.

Encore un coup, songez que je vous aime !
Et que de là dépend vôtre bonheur suprême.
Allez, Madame, allez dans vôtre appartement.

POPPE'E.

Grands Dieux ! puis-je obéir à ce commandement ?

SCENE V.

NERON, TRASEAS.

NERON.

Pprochez Traseas, c'est vous que je demande ;
Approchez ; & sçachez pourquoi Neron vous
mande :
Pour un second hymen j'ai fait un nouveau choix.

TRASEAS.

Je n'ai jamais Seigneur contredit à vos loix,
Mais enfin informé d'un dessein qui s'apréte,
Je viens vous apporter mon conseil, & ma tête.

NERON.

Laissons là vos conseils suivez ma volonte.

TRASEAS.

Seigneur si vous voulez regner en sûreté ;
Faites-vous un rampart de l'Hymen d'Octavie,
Avec elle l'honneur , la foy le sang vous lie ;
Le Peuple & le Senat n'ont juré d'être à vous ,
Qu'autant que d'Octavie ils vous verront l'Epoux ;
Rome croit en vous deux revoir tous vos Ancêtres,
Elle croit en vous deux voir revivre ses Maîtres ;
Et ce nom des Nerons joint au nom des Cesars
Vous attira toûjours ses veux & ses regards.
Mille & mille ennemis qui cependant paroissent,
De toutes parts Seigneur s'assemblent & s'ac-
    croissent ;
L'on demande par tout un nouveau Souverain,
De Vindex , de Galba le choix est incertain,
Cette brigue, qui regne en l'une & l'autre Armée,
Attend par le Senat de se voir confirmée :
Par vôtre auguste Hymen vous pouvez le gagner ,
Et par là sans rien craindre on vous verra regner.

N E R O N.

Et qu'est-ce qu'Octavie ajoûte à ma naissance ?
N'ai-je pas mes ayeux auteurs de ma puissance ?
Je suis né d'Agrippine , & cet illustre sang
Me donne des Cesars & le titre & le rang.
Je ne m'allarme point par des menaces vaines.
J'ai receu de mon camp des clartez plus certaines.
De ces deux grands Rivaux que vous craignez si
    fort ;
L'un est prêt de mourir , & l'autre est déja mort ;
Vindex n'est plus. Galba glacé par les années,
Que peut-il attenter contre mes destinées ?
Didius rappellé des Gaules dans ces lieux ,
Va bientôt terrasser ce foible ambitieux :
Je suis maître absolu ; qu'aurois-je encore à crain-
    dre ?

Dans mes vœux les plus chers pourquoi donc me
   contraindre ?
Que le Senat m'approuve ou m'ose condamner,
J'ai fait un nouveau choix , je vais le couronner.
Poppée aura ma foy.
                  TRASEAS.
                        Ciel ! je n'ai pû le croire,
Et vous me l'assurez... Quel tort à vôtre gloire?
Quelle injure, Seigneur, à vôtre illustre nom ?
Quoi ! Poppée aujourd'hui l'Epouse de Neron
Occuperoit ici la place d'Octavie ?
Sa propre dignité lui seroit donc ravie?
Et par qui ? par vous-même , & contre vôtre foi,
Contre tous vos serments ?
                  NERON.
                        Je les fis malgré moi.
La foy ne fut jamais dans Rome un esclavage ;
Chacun, comme il lui plaît, s'engage ou se dégage:
Tibere , Auguste même , ont rompu leurs liens :
Il doit m'être permis de rompre aussi les miens.
                  TRASEAS.
Tibere eut ses raisons pour rompre avec Julie ;
Vous les sçavez , Seigneur , sans que je les publie :
De ce même pouvoir vous estes revêtu ;
Mais Seigneur , Octavie a pour soi sa vertu.
Rien ne ternit sa gloire , & la plus noire envie
Ne sçauroit obscurcir une si belle vie.
Si vous l'abandonnez , le peuple son soutien
Répandra tout son sang pour relever le sien.
                  NERON.
Pour abattre ce corps , j'en abattrai sa tête.
                  TRASEAS.
A recevoir ce coup , la mienne est toute prête.
Je suis Tribun ; j'entends vôtre Arrest sans effroi,
Et je le crains pour vous beaucoup plus que pour
   moi.

Rome void fa grandeur dans vôtre illuftre race ;
Le Ciel mit Octavie en cette augufte place ;
Et ce feroit pour Rome un mortel déplaifir. ...

NERON.

Un fucceffeur pourra contenter fon défir.
Le Ciel pour Octavie eft fourd , inexorable ;
Peut-eftre qu'à Poppée il fera favorable.
C'eft là d'un fi beau choix l'unique fondement ;
Le peuple y doit donner un plein confentement ;
Et quoi que fur ce point ce fier Senat prononce ,
J'attends de vôtre bouche aujourd'huy fa réponfe.

Fin du fecond Acte.

ACTE III.

SCENE PREMIERE.

POPPEE, FULVIE.

FULVIE.

IE conçois vôtre peine, & je comprens
    Madame,
Quels sont les fondemens du trouble de
    vôtre ame.
Sur le point de toucher à ce dernier
    moment,
Qui devoit couronner les vœux de vôtre amant,
Cesar vient à vos feux mettre un puissant obstacle ;
Il destine ce jour pour un plus grand spectacle.
Mais l'amour d'un Hymen étouffant le flambeau ,
En rallume un pour vous plus brillant & plus beau.
Dans cette auguste feste , enfin qui se prepare ,
Pour remplir vôtre espoir le Destin se déclare ;
Othon vous a promis l'Empire des Romains,
Et Neron le remet aujourd'hui dans vos mains
Il va vous élever jusques au rang suprême.

POPPEE.

Je ne connois que trop le prix d'un Diadême :

Neron environné de toute sa grandeur,
Ne m'en a que trop fait connoître la splendeur.
J'en avois dans Othon vû briller quelque marque,
Et je voyois en lui l'ombre d'un grand Monarque ;
L'Empire à ses vertus par l'Oracle promis.
A l'aveu de ses feux, rendit mon cœur soumis.
Je nourris avec lui l'espoir d'une couronne :
Mon cœur passa bientôt du Trône à sa personne.
Leplaisir de le voir s'accrut de jour en jour,
Et mon ambition ne fût plus que l'amour.
Mais sitôt qu'à mes yeux Cesar s'est fait connoître,
J'ay vû le favori bien au dessous du maître.
Mais l'amour dans mon cœur s'est soudain offencé,
De se voir par la gloire un moment balancé.
Te le dirai-je enfin ? Ouy ! Je sens quelque honte
De cette ambition qui déja me surmonte ;
Mon cœur entre l'amour & la grandeur flottant,
Craint de se reconnoître infidéle, inconstant ;
Entre deux passions, il balance, il chancelle ;
L'une bannit Othon, & l'autre le rappelle.
Je sens de mon orgüeil l'imperieuse loy ;
Mais enfin, je ne puis m'arracher à ma foy.
Dans cette incertitude à moi-même importune,
Je n'ose consulter l'amour ny la fortune.

FULVIE.

Othon avec Cesar si long-tems balancé
Par cette incertitude est trop récompensé :
Eh ! pouvez-vous, Madame, à moins que d'être
    injuste,
Comparer un sujet avec un Prince auguste ?
Othon lui-même, Othon loin d'en estre jaloux,
Doit voir avec plaisir par cet illustre époux
Jusqu'au suprême rang vôtre gloire élevée.

POPPÉE.

Il s'attend de me voir par là, mieux éprouvée,

Il croit que plus un trône a droit de m'ébranler,
Plus mon amour pour lui pourra se signaler ;
Sur mes propres sermens, il fonde son attente ;
Il le croit, sur la foy de sa flame constante.
Sincere, & ne sachant se défier de rien,
Ce n'est que par son cœur qu'il sçait juger du
    mien.
Et je pourrois si mal répondre à son estime ?
Et je pourrois trahir son espoir legitime ?
Ah ! que plûtôt....

FULVIE.

Et bien ! quoy ? Que prétendez-vous ?
Prendre malgré Neron Othon pour vôtre époux ?
Qu'esperez-vous gagner par vôtre resistance ?
Croyez-vous que Neron cede à vôtre constance ?
Vous connoissez Neron : lassé de vos refus,
Il vangera sur lui tant de momens perdus.
Vous allez contre Othon voir son ame indignée,
Et changer en fureur sa flame dédaignée :
Et peut-être aujourd'hui, loin d'avancer vos vœux,
Vôtre fidelité va vous perdre tous deux.

POPPE'E.

Eh bien ?...mais nôtre mort n'en sera que plus belle,
Si nous mourons chacun l'un à l'autre fidelle.
Oüi ! Je mourrai plûtôt.

FULVIE.

Eh ! Madame, vivez,
Et vivez pour regner, puisque vous le pouvez ;
Vivez quãd tout vous rit, quand tout vous favorise,
Quand même au changement Neron vous au—
    thorise.
Il vous appelle au Trône, & dans ce même jour,
La gloire effacera le crime de l'amour.
Quel plaisir pour une ame ambitieuse & fiere,
De se voir aujourd'hui dans Rome la premiere ?

De voir à vos genoux le plus fier des Cesars,
N'attacher que sur vous ses vœux & ses regards !
Entrer dans le conseil du maître de la terre,
Dispenser ses faveurs dans la paix, dans la guerre,
Commander au Senat, faire taire nos loix,
Rétablir sur le Trône, ou déposer des Rois,
Estre en droit d'arrêter, ou de lancer la foudre.
A perdre un si grand bien, pourriez-vous vous
    résoudre ?
D'autres par tout leur sang voudroient se l'ac-
    querir,
Le refuserez-vous, quand on vient vous l'offrir ?
Ah ! que souvent l'amour dont l'espoir nous abuse,
Nous force à regreter en vain ce qu'on refuse.

POPPEE.

Que sur mon foible cœur ton discours est puissant!
Fulvie : ah ! malgré moi je voi qu'il y consent ;
Je cede à cet éclat dont la force m'attire ;
Ciel ! le puis-je penser ? Et l'osai-je bien dire ?
J'aime, j'adore Othon. Cependant je le perds.

FULVIE

Mais vous allez donner des loix à l'univers !
Quoi donc ? entre l'amour & la toute puissance
Un grand cœur si long tems peut-il être en balance ?

POPPEE.

O Trône!.... O cher Othon !

FULVIE.

       Eh bien ! Madame, & bien!
A quoi donc vous resoudre ?

POPPEE.

       Helas! Fulvie, à rien ?
Je ne puis.....

FULVIE.

      Cependant vôtre ame irresolu̇e
Fera perir Othon, & même à vôtre vûë;

Vous l'allez retenir. Un seul mot, un regard,
Pourront pour son malheur suspendre son départ.
             POPPEE.
Mais quoi ? que veux-tu donc enfin que je lui die ?
             FULVIE.
Tout ce que vous pourrez pour lui sauver la vie ;
Abandonnes-le enfin ; mais le voici venir.
             POPPEE.
Grands Dieux ! dans ce moment daignez me soû‑
    tenir.
Sauvons-le en le perdant.

SCENE II.

OTHON , POPPE'E , FULVIE.

OTHON.

ET-bien ! chere Poppée,
De l'éclat de Neron vous sentez-vous frappée ?
Ces titres si pompeux , de Cesar , d'Empereur ,
Vous font-ils agréer l'hommage de son cœur ?
Sur le point de vous voir au comble de la gloire ;
Othon a t-il encor place en vôtre memoire ?
Je ne le vois que trop , sans que vous m'en parliez,
Helas ! tous vos sermens sont sans doute oubliez.
Du maître de la terre , aujourd'hui la maîtresse ,
Vous n'êtes plus sujette aux loix d'une promesse.
La fierté de l'époux que vous allez avoir ,
Vous met trop au dessus d'un si foible devoir ;
Je lis sur vôtre front ma triste destinée.
J'entrevois dans vos yeux ma flamme condamnée ;

Nul regard, nul soûpir ne me promet plus rien,
Je ne vois plus en vous dans ce triste entretien
Cet air doux, tendre, ouvert, tel qu'il est
   quand on aime.
Ce n'est plus vous enfin.

POPPE'E.

         Je suis toûjours la même ;
Mais je n'ai pas toûjours la même liberté.
Vous me voyez ici dans la captivité ;
Vous m'avez mise, helas ! vous-même dans ces
   chaînes.

OTHON.

Oüi ! J'ai moi-même été l'instrument de vos
   peines ;
Et je dois rompre aussi la rigueur de vos fers ;
Mais vous les acceptez dés qu'ils vous sont offerts,
Vous en faites déja vôtre plus grande gloire.
Vôtre plus doux espoir.... O Ciel ! le puis-je
   croire ?
De la main de Neron le trône le plus beau,
Devoit estre pour vous plus affreux qu'un tom-
   beau ;
Et sans Othon enfin, la plus haute fortune
Ne pouvoit que vous estre ennuieuse, importune.
C'estoient là vos discours, & depuis deux mo-
   mens,
Je vous voi démentir ces nobles sentimens ;
Vous épousez Neron ?

POPPE'E.

         J'ay prévû vôtre plainte ;
Mais enfin, cher Othon, témoin de ma contrainte,
d'une infidelité pouvez vous m'accuser ?
Et de moy-même enfin puis-je ici disposer ?

OTHON.

Par l'ordre d'Octavie un vaisseau sur le Tibre
Nous promet en tous lieux une retraite libre ;

Elle m'a commandé de vous en avertir ;
Elle vous offre enfin des secours pour partir ;
Une Divinité sur la poupe adorée,
Garantira la foy que je vous ai jurée.
En quelque endroit du monde où nous soyons bannis
Deux cœurs sont trop heureux, quand ils sont bien
    unis.
Venez si vous m'aimez.

POPPE'E.

                        Othon! si je vous aime,
Helas ! Je pense à vous beaucoup plus qu'à moi-
    même.
Pour vous j'ai soûtenu les plus rudes assaux,
Qui jamais d'un grand cœur ayent troublé le repos.
Sensible également à l'amour, à la gloire,
J'ai d'un affreux combat balancé la victoire :
Et l'amour en seroit encore le vainqueur,
S'il pouvoit vous donner ma main comme mon
    cœur :
Mais captive en ces lieux, comment puis-je vous
    suivre ?
Je dois estre au Tiran à qui le sort me livre,
Et par là vous sauver de ce mortel danger,
Où pour moi vôtre amour vous alloit engager.
Je suis de tous côtez en ces lieux obsedée,
Et par cent surveillans à tout moment gardée :
Comment nous échapper à leurs yeux, à leurs bras?
Prétendez-vous vous seul forcer tant de soldats ?
Ah ! je serois plûtôt ingrate que fidelle,
Si j'osois vous livrer à leur rage cruelle ;
Et pour vous exposer, vos jours me sont trop chere:
Leur salut même importe à tout cet univers.
Neron ne peut vous voir sans horreur, sans envie,
                            Sauvez-

Sauvez-vous de cès lieux. . .
OTHON.
Qu'il m'arrache la vie ;
Je la hai trop fans vous.
POPPE'E.
Un Oracle a parlé ;
Au Trône des Cefars vous eftes appellé ;
Allez remplir le cours de vôtre deftinée.

OTHON.

Vous brûlez d'achever un fi grand hymenée ;
Ma prefence vous gehenne, & vous voulez bien
   loin
Ecarter de vos yeux un importun témoin :
Et bien ! Madame, allez par un divorce injufte,
Vous parer du butin d'une fille d'Augufte :
Allez joindre un époux infame, criminel,
Teint du fang de fon frere & du fang maternel,
Et faire celebrer par tout des facrifices,
Pour cet hymen formé contre tous les aufpices,
Contre la foy, l'honneur, la juftice & les loix.
Puiffai-je me tromper en ce que je prévois ?
Ou vous ferez bien-tôt complice de fes crimes,
Ou vous ferez bien-tôt au rang de fes victimes.
Si vous vous deffendez d'entrer dans fes horreurs,
Qui vous garantira de toutes fes fureurs ?
Ah ! je le voi déja plein d'une ardeur jaloufe,
Vanger fur vous l'affront qu'il fait à fon époufe,
Un caprice, un tranfport . . . . Ah ! j'en fremis
   d'effroi.
Madame, au nom des Dieux, fiez-vous à ma foi :
Acceptez fans tarder le fecours qui nous refte.
POPPE'E.
Ce fecours nous feroit à tous les deux funefte.

D

Un beau champ pour la gloire , Othon, vous eſt
　　ouvert.
Je tremble, je fremis du ſort qui m'eſt offert.
Mais puiſqu'il faut ceder au ciel qui nous ſepare ;
Neron fût-il cent fois plus cruel , plus barbare,
J'affronte ſa fureur pour vous ſauver le jour.
Je ne conſulte plus mon cœur ni mon amour :
A mon cruel deſtin je me laiſſe conduire.
Vous m'avez inſpiré cette ardeur pour l'Empire ;
J'avois conçû l'eſpoir d'en joüir avec vous :
Les Dieux de mon bonheur ont eſté trop jaloux ,
Neron m'éleve enfin juſqu'au degré ſuprême ;
Mais auſſi le cruel m'arrache à ce que j'aime.
J'accepte cette main qui va nous ſeparer :
Je vous livre à la mort , ſi j'oſe differer.
Si c'eſt eſtre Infidelle, Othon, je m'en accuſe,
Mais ce quifait mon crime en doit faire l'excuſe.

OTHON.

Enfin, Madame, enfin aprés tant de détours ,
Vôtre infidelité paroît par vos diſcours ;
Je voi de vôtre cœur la peinture fidelle ,
Et vous vous déclarez à mes yeux criminelle.
A vôtre ambition vous me ſacrifiez :
Par cette noble ardeur vous vous juſtifiez ;
Et c'eſt moi qui vous l'ay , dites-vous inſpirée.
J'aime l'ambition , mais juſte & moderée,
Que la foi, que l'honneur, que la vertu ſoûtient,
Qui ſur ces fondemens juſqu'au Trône parvient ;
Sans pourtant attenter contre les droits d'un maître,
Que ſa gloire & ſon ſang nous ont fait reconnoſtre.
La vôtre pour appui n'a que l'injuſte choix
D'un Prince qui pour vous détruit toutes nos loix,
Vous allez occuper la place d'Octavie ,
Vous faire couronner aux dépens de ſa vie.

Perfide à vôtre foy, jalouse de son rang,
Vous l'achéteriez même aux dépens de mon sang ;
Tout pour y parvenir vous paroît legitime ;
Déja de vôtre orgueil je me voi la victime,
Ah ! quel heureux hymen se prepare aujourd'hui ?
Poppée avec Neron ? vous trop digne de lui,
Lui trop digne de vous ? lui cruel, vous cruelle ;
Neron perfide Epoux ; vous Amante infidele.
Puissai-je . . . . . c'est à quoi je borne mon courroux,
Vous voir prendre à tous deux des sentimens plus
   doux ;
Et ne point voir tomber sur vous, sur vôtre Empire,
Tous les maux que je crains & que je n'ose dire.

SCENE III.

POPPE'E, FULVIE.

POPPE'E.

TOn cœur à ce transport se fut-il attendu ?
  Ah ! quel Amant, Fulvie, ai-je aujourd'hui
  perdu ?
Othon, que je te plains ! mais c'est moi qui te tuë.
Maudite ambition, c'est toi qui m'a deceuë ;
Mon cœur par tes appas trop doucement flaté
Recevra-t'il de toi ce que tu m'as coûté !

FULVIE.

Qu'il est beau de regner.

SCENE IV.

OCTAVIE, POPPE'E, FULVIE.

OCTAVIE.

Il faut que je le voye;
Que ma juste fureur à ses yeux se deploye :
L'ingrat ! il m'abandonne.

FULVIE.

Octavie en ces lieux
Madame ,

OCTAVIE à part.

Ah ! quel objet se presente à mes yeux ?
Poppée ! ô ciel ! faut-il que mon cœur se ravale
Jusques à luy donner le nom de ma rivale ?
Par quel ordre, Madame, avec vos vains attraits ;
Venez-vous m'insulter jusques dans mon Palais ?
Moy Fille, Femme, Sœur des Souverains du monde,
C'est sur ces droits du sang que ma grandeur se
   fonde ;
Si vous pouviez encore un peu vous consulter,
Auriez-vous bien le front de me les disputer ?

POPPE'E.

Moy ! vous les disputer ? j'aurois tort d'y prétendre,
Je vous respecte trop pour ne pas m'en défendre ;
Et mon ambition & mes foibles appas ,
Des loix de mon devoir ne m'écarteront pas.
Par l'ordre de Cesar je suis icy venuë ,
Et par son ordre encor je m'y vois retenuë :

Si Cesar me laissoit plus libre dans ces lieux,
Je ne m'y rendrois pas importune à vos yeux.

OCTAVIE.

Vous triomphez icy déja de ma disgrace;
Neron vous y retient pour vous donner ma place,
Et vous ne balancez, Madame, à l'accepter,
Que pour mieux engager Neron à me l'ôter?
A travers ces dehors de tant de modestie,
Je voi que vous brûlez que je ne sois partie;
Et de joindre en ce jour pour vous si solemnel,
A vôtre indigne Hymen, mon exil éternel.

POPPE'E.

C'est me faire, Madame, un peu trop d'injustice.

OCTAVIE.

Neron vous doit sans doute un si grand sacrifice;
Vous lui sacrifiez Othon; & son amour
Doit vous sacrifier Octavie à son tour?

POPPE'E.

L'Empereur se feroit trop de tort à luy-même,
Et je condamnerois son injustice extrême;
Mais je suis sa captive; & tout ce que je crains,
C'est de ne pouvoir plus m'affranchir de ses mains.

OCTAVIE.

Ah! ce n'est pas sa garde icy qui vous arrête,
C'est la crainte de perdre une illustre conquête.
Il n'a tenu qu'à vous de vous en delivrer;
Je sçai même qu'Othon a pû vous en tirer.

POPPE'E.

Aux ordres de Neron j'aurois été rebelle:

OCTAVIE.

Croyez-vous donc vous rendre icy moins criminelle?
Et quoi! n'est-ce donc rien de violer sa foi?
De mettre la discorde entre Neron & moi?

De cauſer un divorce à l'Empire funeſte ?
Qui même des Ceſars éteindra tout le reſte.
POPPE'E.
De quel crime, Madame, ô Ciel ! m'accuſez-vous ?
OCTAVIE.
Suivez donc vôtre Amant, & laiſſez mon Epoux.
Oui, c'eſt toi que j'accuſe, orgueilleuſe rivale,
Porte ailleurs les attraits de ta beauté fatale ;
Reſpecte en moi les droits & le ſang des Ceſars,
Garde-toi d'élever juſqu'à moi tes regards :
Tout ce qu'à mon égard te permet ta naiſſance,
C'eſt beaucoup de reſpect & plus d'obeïſſance.
POPPE'E.
Je ſçai ce que je dois à vôtre auguſte rang,
Mais je ne m'en croi pas indigne par mon ſang :
Prés de vous je ne puis porter ſi haut mes veuës,
D'autres que moi pourrant Madame, y ſont
      venuës :
Je ſuis Romaine enfin, & pour dire encor plus,
La fille d'un Conſul connu par ſes vertus,
Couronné des lauriers de plus d'une Victoire ;
Et de qui le triomphe honore la memoire.
Devant vous cependant je ne puis m'oublier ;
Faites venir Neron pour me congedier,
J'obéïrai, Madame, à vôtre ordre ſuprême.
OCTAVIE.
Ton orgueil de ſa main attend le Diadême,
Va va le recevoir, marche ſur mes debris,
Rome ne t'en verra qu'avec plus de mépris.
Tu pourras te parer de ma dépouïlle entiere,
Rome en te deteſtant plaindra ſon Heritiere :
Et de la même main qu'il te couronnera,
De l'affront qu'il me fait, Neron me vengera.
Je ne te dis plus rien ſi ton ame jalouſe ;
Oſe encor m'envier le nom de ſon Epouſe,

Va trouver ce Tyran qui doit te couronner :
Pour te perdre, je n'ay qu'à te l'abandonner.

SCENE V.

POPPE'E, FULVIE.

FULVIE.

C'Est le dernier éclat d'une juste colere.

POPPE'E.

Je crains peu son courroux ; mais je plains sa
    misere.

FULVIE.

Quel orgueil ? quel mépris ? quel air d'autorité ?

POPPE'E.

Ah ! c'est ce qui le plus a piqué ma fierté ;
Sa douleur me rendoit sensible à sa disgrace,
Dans son accablement je respectois sa race ;
J'aurois pû . . . . . mais elle a voulu m'humilier,
Et je veux devant moi voir son orgueil plier.
Icy l'ambition se joint à la vengeance,
Je prétens à mon tour punir son arrogance :
Neron m'appelle au Thrône, & tu m'y vois courir,
N'y fussai-je qu'un jour, il est beau d'y mourir.

ACTE IV.

SCENE PREMIERE.

OCTAVIE, EMILIE.

OCTAVIE.

Here Emilie, & bien ! tu vois ma deſti-
   née ;
Et juſqu'où m'a conduit ce fatal hyme-
   née :
Ce jour va de mes jours éteindre le
flambeau ;
Ce jour dans un exil va m'ouvrir le tombeau ;
Pour jamais de Neron je me vois ſeparée ,
Je perds ce rang auguſte où j'étois adorée :
Cet ingrat pour Poppée oſe m'abandonner ,
De ma propre couronne il va la couronner ;
Et faiſant contre moi parler la calomnie ,
Il veut à mon exil joindre l'ignominie :
Pour me couvrir de honte aux yeux de l'Univers ,
Il cherche contre moi des témoins dans les fers :
Et pour me condamner emprunte le ſuffrage
D'un nombre de flateurs nourris dans l'eſclavage.
Grace au Ciel ! le menſonge eſt enfin abbatu ,
Et pas un de ſes traits n'a bleſſé ma vertu :

Mon innocence a fait taire la calomnie ;
Mais rien ne me défend contre sa tyrannie.
Fille d'un Empereur, élevée en sa Cour,
Mon trop cruel Epoux m'arrache à mon sejour :
Il me bannit de Rome, il m'ôte mon Empire,
Ciel ! en ce triste état pourra-t'il me reduire ?

EMILIE.

Non, non, Madame, non ; tout violent qu'il est,
Neron, n'en doutez point suspendra son arrêt ;
Il en voit l'importance, il voit ce que vous êtes,
Il voit pour vous venger mille mains toutes prêtes,
Croyez-moi, pour calmer son cœur impetueux ,
Faites-lui voir ce front noble, majestueux,
Ce front où la grandeur regne avec l'innocence ;
Il vous défendra seul contre sa violence :
Une larme, un soûpir, un regard de vos yeux,
Ces traits encor vivans de vos nobles ayeux
Dont il porte avec vous l'auguste Diadême ,
Le vont faire r'entrer , Madame, dans lui-même.
Neron loin d'attenter alors contre vos droits ,
Y pensera peut-être encor plus d'une fois ;
Et dans son ame enfin bien que préoccupée ,
Les vertus d'Octavie effaceront Poppée.

OCTAVIE.

Ah ! de quelque vertu qu'on me puisse flater ,
Il la méprise trop pour pouvoir l'écouter ;
Ce n'est plus ce Neron si genereux , si juste ,
Qui dans ces premiers ans faisoit revivre Auguste ;
C'est de la vertu même un mortel ennemi ,
Ce n'est plus qu'un Tyran dans le crime affermi.
Du moment qu'Agrippine eut fait perir mon Pere ,
Tu sçais comme il joüit du crime de sa Mere;

Sous cent fausses vertus il sçût se déguiser,
Par là dans sa puissance il sçût s'autoriser ;
Il y joignit le luxe & la magnificence,
Ce luxe fut suivi d'une extrême licence ;
Et le crime en son cœur de plus en plus croissant,
Il perdit dans son Frere un rival innocent.
Il tenoit sa grandeur d'une Mere perfide,
Pour l'en recompenser il fut son parricide.
Pyson, Silla, Plautus, Pollion massacrez,
Pour venir à ma perte ont été ses degrez.
Seul reste infortuné d'une triste Famille,
Du dernier des Cesars l'heritiere & la Fille,
Je me voi de Neron & l'Epouse & la Sœur,
Par moi de cet Empire il est le possesseur ;
Helas ! quels sont les fruits de sa reconnoissance ?
Il ne compte pour rien les droits de ma naissance,
Il me les ravit tous, & ne me laisse plus
Qu'un triste souvenir de tout ce que je fus.
D'un si barbare Epoux que faut-il que j'espere ?
O vous ! Manes sacrez de mon illustre Pere
De mes malheurs presens trop fideles témoins,
Ne m'abandonnez pas en ces pressans besoins ;
Et rendez à Neron du moins s'il est possible,
Un cœur plus genereux, ou pour moi plus sensible.

EMILIE.

Et vous faites des vœux pour cet infortuné !

OCTAVIE.

Helas ! c'est cet Epoux qu'un Pere m'a donné,
Tout barbare qu'il est, quelque ingrat qu'il puisse
    être,
Je ne puis, Emilie, encor le méconnoître ;
Et quoi que de sa main je doive apprehender,
Je lui donnai ma foi ; je veux la lui garder.

EMILIE.

O trop constante amour ! ô vertu trop parfaite !
Peut-on trop estimer ? .... mais que veut Anicete ?

SCENE II.

ANICETE, OCTAVIE, EMILIE.

ANICETE.

IL est temps de partir, Madame ; tout est prêt.

OCTAVIE.

C'est donc là de Neron l'irrevocable Arrêt.
Dis-lui que je prétends l'apprendre de sa bouche,
Et lui donner moy-même un avis qui le touche.

SCENE III.

OCTAVIE, EMILIE.

OCTAVIE.

TU vois comme Neron balance à m'éloigner,
   Tu vois comme il me traite, & prétend m'é-
pargner,
Mais quoi de plus indigne, & quoi de plus infame,
Il envoye un Esclave à sa Sœur, à sa Femme,

A la Niece d'Auguste , & remet en ses mains ;
Le pur reste du sang des maîtres des Romains ?
Qu'il vienne , je l'attends ; ce n'est point par des
      larmes
Que je veux l'attaquer : mais c'est par d'autres ar-
      mes.
Ses crimes qu'à ses yeux je m'en vai retracer ,
Ce seront là les traits dont je le vai percer :
Sa double trahison , sa double perfidie ,
Sacrilege , poison , parricide , incendie ;
Et je le forcerai par tant de veritez ,
A consommer enfin sur moi ses cruautez.

E M I L I E.

Ah ! vengez-vous plutôt en vengeant Othon même,
Partagez avec lui vôtre grandeur suprême ;
Othon, vous le sçavez . . .

O C T A V I E.

                  Othon ! c'est m'offencer ,
S'il étoit né Cesar , je pourrois y penser :
Je ne sçaurois regner qu'avec ceux de ma race,
Et j'aime mieux enfin mourir dans ma disgrace.

E M I L I E.

Ah ! si la main d'Othon est indigne de vous ,
Aux fureurs de Neron du moins dérobez-vous ;
Affranchissez vos jours de son joug tyrannique ,
Et livrez-le lui-même à la fureur publique :
C'est vous qui dans son rang seule le soûtenez ,
Et Neron est perdu si vous l'abandonnez :
Mais vous que perdez-vous ? de Neron separée ,
Par tout où vous irez, vous serez adorée ;
Jusques dans vôtre exil tout les cœurs vous sui-
      vront,
Les peuples à vos pieds devant vous se rendront ;

Par

Par tout on benira ce beau nom d'Octavie.

OCTAVIE.

Quoi ! tu prétens qu'aprés ma couronne ravie
Aveuglement soûmise aux ordres de Neron ;
Sans dignité, sans rang, n'emportant que mon nom,
J'aille chercher ailleurs aprés un tel outrage ?
De regrets & de vœux un pitoyable hommage :
Tandis qu'ici Neron fier de son nouveau choix,
Sans respect pour mon rang , ma naissance & mes
     droits,
Goûtant avec Poppée une tranquille joye,
Se fera de mes biens une trop douce proye.
Et tu crois que mon cœur pourra se démentir ?
Et qu'à leur tout quitter je pourrai consentir ?
J'ai pris le jour dans Rome , & je veux, Emilie,
Etre avec ma grandeur dans Rome ensevelie ;
Je n'en partirai point. Mais je voi l'Empereur ,
Et je sçaurai peut-être arrêter sa fureur.

SCENE IV.

NERON , OCTAVIE , EMILIE.

OCTAVIE,

SEigneur, (car il faut bien enfin vous reconnoître
Comme mon Souverain , & mon juge & mon
     Maître ,)
Puisque vous renoncez à ce titre d'Epoux,
Un ordre surprenant me separe de vous ;
                                   E

J'ai crû que par vous même il falloit m'en inftruire,
Et vous dire deux mots fur vous, fur vôtre Empire.

N E R O N.

Puifque vous m'engagez à vous parler fans fard,
Cet ordre Souverain eft venu de ma part ;
Il importe pour vous, pour l'Etat, pour moi-
      même,
C'eft à vous d'obéir à cet ordre fuprême.

O C T A V I E.

Ce deffein dans vôtre ame a donc pû fe former ?
Et vôtre bouche encor peut me le confirmer ?
A moi pour qui du moins les droits de ma naiffance,
Devoient vous infpirer quelque reconnoiffance ;
A moi qui vous ayant reçû pour mon Epoux ,
Aurois dû retrouver un fecond Pere en vous :
Je l'ai crû fur la foi d'une feinte tendreffe ,
Sur tous ces faux dehors de vertu , de fageffe ;
Infidelles garands pour mon Pere , & pour moi,
Des fermens redoublez d'une éternelle foi ;
Et vous me la deviez pour le don d'un Empire ;
Mais vous ne l'avez pris, ingrat, que pour me nuire:
Vous pouvez me bannir & me repudier ?
Ne vous attendez pas à me voir mandier,
Par les foibles éclats d'une inutile plainte ,
Quelque retour forcé de vôtre ardeur éteinte ;
De vôtre amour pour moi mon cœur n'eft point
      jaloux ;
Mais je ne puis ceder les droits que j'ai fur vous:
Je ne puis vous quitter ce que mon fang me donne.
Je vous donnai ma foi, vous donnant ma Couronne,
Vous fçûtes me jurer la vôtre à vôtre tour ,
Et vous me la tiendrez , ou je perdrai le jour,

J'ai souffert jusqu'ici vos coupables delices ,
Vous en avez rendu presque mes yeux complices :
J'aurois pû . . . . mais mon cœur fut descendu trop
   bas ,
Et je ne m'en vengeai qu'en ne m'en plaignant pas.
Aujourd'huy vôtre orgueil passe au dernier outrage,
Vous m'osez dépoüiller de mon propre heritage ;
Juste Ciel ! la maîtresse ou la femme d'Othon,
Se verroit à mes yeux l'Epouse de Neron ?
Elle commanderoit au propre sang d'Auguste,
Et je pourrois souscrire à ce divorce injuste ?
Ah ! plûtot que de voir accomplir ton dessein ,
Je sçaurai te forcer à me percer le sein :
Perfide ! il faut me joindre à tant d'autres victimes ,
Et couronner par là le reste de tes crimes.

NERON.

Je ne le voi que trop ; vous voulez me porter
En des extremitez que je veux éviter ;
Vous voulez contre vous irriter ma vengeance ,
J'ai sçû la désarmer , Madame , par avance :
J'ai pris soin d'éloigner tous mes chagrins passez ,
Mes soupçons dans mon cœur se sont tous effacez.
Mais enfin vous voyez depuis nôtre hymenée ,
Par huit fois du Soleil la course terminée ;
Sans que de nôtre hymen par les Dieux condamné ,
Un legitime fruit nous ait été donné :
Il est temps pour calmer la colere celeste ,
De rompre, Frere & Sœur , un hymen trop funeste,
Et que je donne à Rome un fils de qui le nom
Fasse revivre Auguste & Tibere & Neron.
J'ai long-temps balancé ; mais puisqu'il faut le dire,
Poppée a sur mon cœur un souverain Empire ;
Telle est la loi des Dieux de qui l'ordre fatal ,
A vos vœux comme aux miens a répondu si mal.

E ij

A ces Dieux tout-puiſſans rendez graces, Madame,
De ce nouvel amour qu'ils verſent dans mon ame ;
Ils ont voulu par là prevenir d'autres coups ,
Que peut-être mon bras eut fait tomber ſur vous.

OCTAVIE.

A Rome , comme ailleurs la mort m'eſt trop cer-
taine ;
Si ce n'eſt par ta main , ce ſera par ta haine ;
Et pour anticiper l'heure de mon trépas ,
Le fer ni le poiſon ne te manqueront pas ,
Ou peut-être un Eſquif dreſſé pour mon naufrage ;
Ce fut là pour ta mere autrefois ton ouvrage ,
Tu l'éprouvas ſur elle , & tu pourrois ſur moi
En faire un autre eſſai pour me prouver ta foi ?
Mais pourquoi m'exiler ? on exile un coupable :
Et pour quel crime icy ſuis-je donc condamnable ?
Le ſeul dont on me puiſſe à bon droit accuſer,
C'eſt d'avoir conſenti jamais à t'épouſer :
Je ne te pris pourtant que de la main d'un Pere,
Par ton adoption il te rendit mon frere,
Et par ce double nœud ſi ſaint, ſi ſolemnel ,
Il crût faire entre nous un accord éternel :
Et tu prens pour le rompre un pretexte inutile ;
Tu te laſſes enfin de cet hymen ſterile.
Si par là cet hymen te devient odieux,
Admire bien plûtôt la ſageſſe des Dieux,
Qui n'ont pû conſentir par leur ſoin tutelaire,
A faire naître un Fils d'un auſſi méchant Pere.

NERON.

Ah ! c'eſt vouloir pouſſer ma patience à bout ,
Madame, ignorez-vous ?

OCTAVIE.

Je sçai que tu peux tout ;
Mais je puis malgré toi regler ma destinée,
Oui, je prétends mourir au Thrône où je suis née ;
Je sçaurai soûtenir l'honneur de mon berceau,
Je le conserverai jusques dans le tombeau :
Et quoique ma rivale en ces lieux se promette,
J'y mourrai sa maîtresse, & non pas sa sujette.

SCENE V.

NERON *seul.*

Qu'entends-je ? mes transports, que sont-ils de-
venus ?
Suis-je Neron encor ? ou ne le suis-je plus ?
Par quelle force, ô ciel ! à moi-même inconnuë,
Toute ma violence est-elle retenuë ?
Est-ce crainte ? ou respect ? ou foiblesse ? ou pitié,
Qui suspend ma fureur, & mon inimitié ?
Octavie à mes yeux m'insulte, me menace,
Et loin de la punir, ma fierté lui fait grace :
Que dis-je ? c'est trop peu que de lui pardonner,
Mon cœur même en secret semble se condamner :
D'où me vient ce soudain remords qui me devore ?
De quel crime nouveau suis-je coupable encore ?
Quoi ! ce second hymen necessaire à l'Etat,
A-t'il l'ombre d'un crime, ou du moindre attentat ?
Je veux dans ma Famille eterniser l'Empire,
C'est un soin legitime où tout Monarque aspire ;

Serai-je donc toûjours esclave malgré moi ,
De ma reconnoissance , & de ma propre foi ?
Octavie & Neron ne sçauroient vivre ensemble ;
Un astre injurieux malgré nous nous assemble :
Par de divers penchans l'un à l'autre opposez ,
Pouvons-nous être unis , étant si divisez ?
S'opposer si long-têms à cette antipatie ,
C'est prendre le destin & le Ciel à partie :
Le conseil le plus juste , & le plus sûr parti ,
C'est de rompre entre nous ce nœud mal assorti.
Que l'exil ou la mort . . . . . . mais que dis-tu ? bar-
   bare ,
Conçois-tu les horreurs que ton cœur se prepare ?
Quoi! la mort d'Octavie ? ah ! j'en fremis d'effroi ,
Un parricide seul est donc trop peu pour toi ?
Neron songe plûtôt , songe à te reconnoître ,
Cesse d'être Neron ; ou si tu pretends l'être ,
Sois tel que tu le fus dés tes plus jeunes ans ,
Suis les pas des Cesars , & non ceux des Tyrans.
Ouy , je reviens à vous, vertueuse Octavie ,
Je veux vous consacrer le reste de ma vie ;
Je renonce à Poppée , & je vous rends ma foi :
Quel triomphe pour vous ! quel triomphe pour
   moi !
Cependant il est bon de ménager ma gloire.
Le Senat se feroit honneur de ma victoire :
Il croiroit . . . . mais sçachons . . . . approchez,
   Trascas.

SCENE VI.

NERON, TRASEAS, NYMPHIDIUS, ANICETE.

NERON.

Qu'a conclu le Senat ?

TRASEAS.

                Il ne se dément pas;
Et conservant toûjours avec le même zele,
Pour tout le sang d'Auguste un souvenir fidelle,
A l'hymen de Poppée il ne peut consentir.

NERON.

Donc aux loix du Senat je dois m'assujétir,
Et je dois me regler par tout ce qu'il ordonne ?

TRASEAS.

Vous pouvez recevoir les conseils qu'il vous donne.

NERON.

Je n'en prens que de moy ; c'est à lui d'obéir.

TRASEAS.

En vous obéissant, il eut crû vous trahir,
C'est vôtre interêt seul, Seigneur, qu'il se propose.

NERON.

De mon cœur à son gré cependant il dispose ;
Et vous le soûtenez.

TRASEAS.

             Seigneur, je le soûtiens,
Ou plûtôt ses conseils furent toûjours les miens.

Le Sceptre est dans vos mains par l'hymen d'Octa-
    vie,
Le Senat est garant du saint nœud qui vous lie :
Et l'Empire, & le Ciel déja sont offencez,
Du divorce cruel dont vous la menacez.
Rome y resiste entiere, & mon zele sincere
Vous donne de sa part cet avis salutaire.

N E R O N.

Perfide ! c'est à toi qu'il faut l'attribuer.

T R A S E A S.

Je m'en fais trop d'honneur, pour ne pas l'avouer ;
C'est, puisqu'il faut parler, le conseil que m'inspire
Vôtre propre interêt, la gloire de l'Empire ;
Rome aprés tant de sang qu'elle a trop vû couler,
Par l'aspect d'Octavie aime à se consoler.
Le Peuple par vos jeux voit ternir cette gloire,
Que nos premiers Cesars cherchoient dans la vi-
    ctoire ;
Les vertus d'Octavie en relevent l'éclat
Autant qu'en cette Cour vôtre luxe l'abbat.
Et cependant aux yeux d'un peuple qui l'adore,
Vous la deshonorez, elle qui vous honore ;
Vous vous ôtez l'appui qui peut vous soûtenir.
Etouffez vôtre amour au lieu de la bannir :
Et si de ce conseil vous me faites un crime,
Vous pouvez m'en punir ; voici vôtre victime.

N E R O N.

De ton zele à mes yeux tu t'oses donc vanter ?
Par tes fausses vertus tu crois m'épouventer ?
Mais crois-tu que je cede à l'insolente audace ;
D'un Peuple & d'un Senat, dont l'orgueil me me-
    nace ?

Je connoi mon pouvoir, je sçaurai m'en servir,
Je maintiendrai les droits qu'on prétend me ravir.
J'allois quitter Poppée, & mon cœur la rappelle,
Je veux voir à ses pieds ce Senat infidele ;
J'y veux voir les Consuls, les Preteurs, les Tribuns,
Démentir hautement leurs conseils importuns ;
Et pour ne plus trouvér d'obstacle qui m'arrête,
Je veux faire à Poppée un present de ta tête.
Anicete, prens soins . . . .

                    TRASEAS.
                    Pour cet ordre inhumain,
Traseas n'attend pas le secours de sa main ;
Je te fais de mon sang, Tyran, un sacrifice,
Et puisse ta fureur cesser par mon supplice.
                    NERON.
Va, va servir d'exemple à tout ce peuple ingrat.

SCENE VII.

NERON, NYMPHIDIUS.

NERON.

VOus ! allez de ce pas observer le Senat,
Nymphidius ! sur tout point de grace aux
rebelles.

SCENE VIII.

NYMPHIDIUS *seul.*

VErrons-nous donc toûjours des cruautez nou-
    velles ?
Grace au Ciel ! sa fureur dans le comble aujour-
    d'hui,
Va susciter la terre & le Ciel contre luy.
Et nous lâches Romains, sans honneur, sans cou-
    rage,
Nous rendrons-nous toûjours ministres de sa rage ?
Et pour executer ses ordres inhumains,
Préterons-nous toûjours nos armes & nos mains ?
Ah ! quand on peut couper le cours à l'injustice,
Ne la point arrêter, c'est s'en rendre complice ;
Et cette impunité de ses crimes commis,
Accuse hautement ceux qui les ont permis :
La Terre a trop long-tems senti sa violence,
Et le Ciel l'a soufferte avec trop d'indulgence :
Entreprenons enfin plus qu'ils n'ont entrepris,
Et que d'un si grand coup l'Empire soit le prix.

Fin du quatriéme Acte.

ACTE V.

SCENE PREMIERE.

OTHON, NYMPHIDIUS.

OTHON.

He bien ! qu'avez-vous fait ?

NYMPHIDIUS.

J'ai rangé mes cohortes ;
Du Temple de Bellonne elles gardent les Portes ;
Là depuis ce matin le Senat assemblé,
Songe aux pressans besoins de l'Empire accablé :
Et voulant s'affranchir d'un tyrannique Maître,
Travaille à s'en donner un plus digne de l'être.
La mort de Traseas...

OTHON.

Ah ! coup infortuné,
Traseas déja mort à peine condamné !
Ciel ! pour verser un sang si cher à cet Empire,
Anicete, un seul ordre a-t'il dû te suffire?
Un ordre par Neron dans sa fureur dicté!

NYMPHIDIUS.

Traseas de sa main l'a seul executé.
Pour remplir le devoir de son obéissance,
Anicete n'a fait que prêter sa presence ;
Et ce Tribun voyant l'Empire desolé,
Au bien de son pays s'est lui-même immolé.
Neron & le Senat en sçavent la nouvelle,
Et Rome en a juré la vengeance mortelle.

OTHON.

Déja même sans doute elle auroit éclaté ;
Mais Octavie encor : tient le coup arrêté,
Rome cherit toûjours Neron dans sa personne.

NYMPHIDIUS.

Elle est repudiée, & Neron l'abandonne.
Il n'est plus son Epoux.

OTHON.

      Quoi ? malgré le Senat,
Son hymen s'est donc fait sans pompe, sans éclat ?

NYMPHIDIUS.

Dans un Salon sacré que ce palais r'enferme,
Neron en son dessein demeurant toûjours ferme,
Et Poppée. ...

OTHON.

Ah ! l'ingrate.

NYMPHIDIUS.

      Ayant à ses beautez
Joint du luxe & de l'art les secours empruntez,
Soûs un voile éclatant, de leur foi mutuelle,
Se sont tous deux promis la durée immortelle ;
Neron, pour rendre encor son nœud plus solemnel,
Jure avec Octavie un divorce éternel ;
Et du riche bandeau de cette Epouse auguste,
Ose en faire à Poppée un present trop injuste.
      Mais !

Mais, ô prodige affreux ! à peine a-t'il goûté
Du vin dans une coupe à ses mains presenté ;
A peine aussi Poppée en a mouillé sa bouche,
Soudain Neron se trouble, il prend un air farouche;
Ses yeux sont égarez, tous ces discours confus,
Il tient, il voit Poppée, & ne la connoît plus ;
Il croit en la voyant, voir l'affreuse Agrippine,
Il croit qu'à tous momens cette ombre l'assassine.
Ciel ! dit le Prêtre alors, Madame, écartez-vous !
Des Manes irritez appaisons le courroux !
A ces terribles mots, la superbe Poppée,
De tristesse & d'horreur également frappée,
Se retire, obéit : du moment qu'elle sort,
Neron cede au sommeil qui calme son transport.
C'est ce qui s'est passé dans ce triste hymenée.

OTHON.

Je n'en prevoi que trop la suite infortunée ;
La terre, ny le Ciel, ne sçauroit l'approuver.
L'Enfer contre Neron semble se soûlever.

NYMPHIDIUS.

La mort de Traseas a mis Rome en allarmes,
Les uns versent des pleurs, d'autres courent aux
   armes :
Neron est sur le point de se voir détrôné.
Mais, Octavie, ô Ciel !

SCENE II.

OCTAVIE, NYMPHIDIUS, OTHON.

OCTAVIE.

Ce Palais consterné
Ne m'annonce que trop ma fatale disgrace.
O, vous ! instruisez-moi de tout ce qui se passe.

NYMPHIDIUS.

Enfin, Madame, enfin dans un Salon sacré,
Cet hymen de Neron vient d'être celebré ;
Poppée en a reçû tous vos droits en partage.

OTHON.

Et de les accepter l'ingrate a le courage ?

OCTAVIE.

Neron m'ôte mon rang ; me bannit de sa Cour,
Il me ravit l'Empire, & me laisse le jour !
O Rome ! terras-tu, quand il m'aura bannie,
Regner sur mes débris ma rivale impunie ?

NYMPHIDIUS.

Tout le Peuple pour vous semble se r'affermir,
Au seul nom de Poppée, il a parû fremir :
Neron avoit déja fait dresser ses Statuës ;
On les a vû soudain par le Peuple abbatuës.
On vient jusqu'à Neron.

OCTAVIE.

Qu'on sauve mon Epoux ;
Ma rivale est le seul objet de mon courroux :

Il faut qu'avec Neron mon destin se consomme,
Je dois avoir mon Trône & mon Tombeau dans
  Rome.
Nymphidius, il faut tout perdre ou me servir,
Qu'on me rende les droits qu'on vient de me ravir.
Poppée a sur son front mon propre Diadême,
Qu'elle vienne à mes pieds le remettre elle-même;
Et que Neron forcé de réparer mon sort,
Me rende mon Empire, ou me donne la mort,

SCENE III.

NYMPHIDIUS, OTHON.

OTHON.

Que je plains Octavie! infidelle Poppée,
Ah! tu vas bientôt voir ton attente trompée.

NYMPHIDIUS.

Nous allons voir Neron dans ce jour déposé,
Pour ce grand changement j: voi tout disposé.
On nous offre Galba, chagrin, severe, avare,
Didius même encor sur les rangs se declare.
Didius ou Galba maîtres de l'Univers?
Ah! prevenons, Seigneur, la honte de nos fers:
Le destin vous appelle à l'Empire du monde,
Il est temps qu'à sa voix vôtre grand cœur réponde?
Vous aurez mon secours, vous avez vos amis,
Dans ce trouble commun enfin tout est permis;
Ou deffendons Neron, ou s'il faut qu'il succombe,
Que ce soit sur vous seul que sa Couronne tombe.

OTHON.

O Dieux ! dans le transport de ma juste douleur,
Puis-je entendre parler d'Empire ou d'Empereur ?
Puis-je penser au Trône en perdant ce que j'aime ?
J'y pensois pour Poppée autant que pour moi-
    même ;
Et Poppée & Neron tous les deux m'ont trahi ;
Je ne puis me vanger n'y d'elle ny de lui.
Je les aimai tous deux, & malgré ma colere,
Je ne puis voir verser un sang que je revere.
Je n'ay point de conseil contr'eux à vous donner,
Et je ne puis enfin que les abandonner.
Je ne prevoi que trop le coup qui les menace ;
    Mais je ne serai pas temoin de leur disgrace.
Ailleurs loin de mes Dieux & loin de mes amis,
Je vais atrendre un sort que le Ciel m'a promis :
Et là, par le secours de ma seule constance,
Dans un parfait repos, libre de leur presence,
A ma seule vertu je vai me confier,
Oublier tout le monde, & m'en faire oublier.

NYMPHIDIUS.

Et moi sans plus tarder, ardent & plein de zele,
Je vais vers l'Empereur où mon devoir m'appelle.

SCENE IV.

OTHON seul.

OU suis-je ! quel espoir me retient en ces lieux !
    Où tout m'est importun, où tout m'est
    odieux !
Je cherche, ... je ne sçai ce que mon cœur me-
    dite. . . . .

SCENE V.

POPPE'E, OTHON, FULVIE.

OTHON *à part, voyant Poppée.*

O Ciel !

POPPE'E *à part.*

Je souffre enfin tout ce que je merite.
J'ai forcé l'Empereur à violer sa foi,
J'arrache à mon amant un cœur que je lui doi ;
Je fais tout le malheur d'une Princesse auguste ;
Si j'en porte la peine, elle n'est que trop juste.

OTHON, *à part.*

Qu'entends-je ? épargnons-lui du moins cette douleur,
De me voir le témoin encor de son malheur.

POPPE'E *à part.*

Othon ! si tu sçavois ma douleur trop mortelle ;
Tu me plaindrois peut-être, helas ! quoi qu'infidelle.

OTHON *allant vers Poppée.*

Ah ! Madame . . .

POPPE'E.

Arrêtez . . mes maux vous sont connus,
Vous vous voyez vangé, mais ne me voyez plus.

OTHON.

Mon cœur s'est imposé cette loi trop certaine.
Sensible à vos douleurs, mais constant dans ma
chaîne,

Vous quittant pour toûjours, & vous, & vôtre
  Epoux ;
Je jure..... de n'aimer jamais .. rien aprés vous.
Adieu.

SCENE VI.

POPPE'E.

JE sens trop bien la perte que j'ai faite,
Cher Othon! c'est en vain que mon cœur te regrette:
Et toi l'unique objet de mon fatal orgueil,
De ma fidelité noble & brillant écueil,
Trône qui m'as de loin promis tant de delices;
Tu ne m'offres donc plus que d'affreux précipices :
L'hymen qui vient pour moi d'allumer son flambeau,
Dans le lit nuptial a marqué mon tombeau.
Pressé par les horreurs d'une affreuse Megere,
Neron ne voit en moi que l'ombre de sa Mere ;
Il me cherche, il me fuit ; & son cœur agité
D'amour & de fureur est pour moi transporté.
Voyons-le toutefois.

SCENE VII.

POPPE'E, NYMPHIDIUS.

NYMPHIDIUS.

Ou courez-vous, Madame?
Jamais tant de fureur n'a parû dans son ame.
Ne vous exposez pas....

POPPE'E.

Ah! dûssai-je y perir,
Je dois tout hazarder pour l'aller secourir :
Et j'y cours...

SCENE VIII.

NYMPHIDIUS seul.

Elle va sentir sa violence,
Contre tant de fureur rien n'est en assûrance ;
Tout paroît Traseas, Agrippine à ses yeux ;
Et sur tout ce qu'il voit il court en furieux.
Je vais en prevenir la suite trop funeste,

SCENE IX.

NERON *sortant l'épée à la main.*

JE ne te verrai plus, Tribun que je deteste !
Ton orgueil à mes yeux s'est venu presenter !
Tu voulois m'arracher Poppée & m'insulter !
Mais j'ai sçû te punir de ton orgueil rebelle.
Et toi fuis loin de moi , fuis ombre criminelle ,
Attends-tu que forçant encor les loix du sort ,
Une seconde fois je te donne la mort ?
R'entre dans les enfers . . . . l'ombre s'est dissipée :
Et je me reconnois . . . . . . qu'on r'appelle Poppée.

SCENE X.

NERON, FULVIE.

FULVIE.

Seigneur, qu'avez-vous fait ?

NERON.

Ce que j'ai fait, grands Dieux !
De ce Spectre infernal j'ai delivré ces lieux.
Mais que vois-je ? quoi donc ma main toute san-
  glante,
Ce sang dont je suis teint m'étonne , m'épouvante.
Je ne sçai . . . je ne puis . . . Fulvie , explique-moi
Ce prodige confus qui me remplit d'effroi.
Aurois-je ? . . . . Quoi ma main ! . . .

FULVIE.

Vôtre main s'est trompée,

NERON.

D'où vient ce sang ?

FULVIE.

Helas ! c'est du sein de Poppée.

NERON.

De Poppée ?

FULVIE.

Elle est morte , & c'est par vôtre main.

SCENE XI.

NERON *seul.*

Elle est morte ! & c'est moi qui lui perce le sein!
Chere Poppée, helas ! Epouse infortunée,
A mon Trône, à mon lit je t'avois destinée :
Et comme une victime en sortant de l'Autel ,
Je t'immole, & ma main te porte un coup mortel ,
Tu me vois , tu me suis, tu t'offres à ma vûë ,
Je veux te couronner, & c'est moi qui te tuë ;
Quelle affreuse furie a donc voilé mes yeux !
Quel demon a conduit ce coup si furieux ?
C'est vous qui r'enversant vos ordres legitimes ,
Ne voulez vous venger de moi que par mes crimes ;
C'est vous injustes Dieux ! auteurs de mon erreur,
Que je dois accuser des coups de ma fureur :
Vous dont la cruauté de nôtre sang avide ,
Par trois differens coups m'a rendu parricide ;
Dont la tranquillité dans mes crimes divers ,
M'a fait de tant de sang inonder l'Univers ?

Ah ! loin de me laisser si long-tems sur la terre,
Que ne m'écrasiez-vous par un coup de tonnerre ?
Je n'aurois pas versé du moins ce sang si cher,
Ce sang que je ne dois que trop me reprocher.
Mon crime n'est l'effet que de vôtre indulgence,
Et je dois sur vous-même en prendre la vengeance.
J'ai trop long-tems vécu, j'ai trop long-tems regné,
Et je dois vous punir de m'avoir épargné.
Oüi ! je veux que l'on voie aujourd'hui dans vos
    Temples,
De ma juste fureur des monumens plus amples,
Que ces pompeux Autels par mon ordre dressez,
Soient par mon ordre même aujourd'hui renversez,
Allez, Gardes, Soldats, courez au Capitole,
Allez exterminer tout ce Culte frivole,
Rompez, brisez, brûlez ces Simulacres vains,
Phantômes specieux des credules humains,
Et montrez à ces Dieux qu'un vain peuple idolatre,
Que Neron qui les fit, a droit de les abatre.
Mais je ne voi personne obeir à mes loix,
Tout est sourd, immobile & muet à ma voix,
Personne ne répond à mon inquietude,
Tout ce vaste Palais n'est qu'une solitude :
Au milieu de sa Cour Neron abandonné,
Quel changement mon cœur en est tout consterné !
Anicete . . . ah ! c'est toi, qu'est-ce donc qui se passe.

SCENE XII.

NERON, ANICETE.

ANICETE.

Puis-je vous annoncer vôtre affreuse disgrace?

Vos amis les plus chers vous abandonnent tous,
Le Peuple, le Senat, tout armé contre vous:
L'on proclame Galba dans l'armée, & dans Rome,
D'une commune voix tout le Senat le nomme;
Le peuple aveuglément suit le même parti;
Ici dans un moment vous êtes investi.
Songez à vous, Seigneur.

NERON.

                        Où chercher un azile !
Le peril est égal dehors & dans la Ville ;
O Ciel ! quel coup de foudre aussi prompt que
    pesant ?
Neron de ce qu'il fut, n'est qu'une ombre à present.
Tout le monde me fuit : dans cet état funeste,
Un affreux souvenir est tout ce qui me reste ;
Je ne vois nul ami secourable en mon sort,
Pas même un ennemi pour me donner la mort.
Mais sur le point de perdre & mon Trône, & ma vie,
Dieux ! pour comble de maux, je revois Octavie.
Vient-t'elle ? . . . .

SCENE XIII.

OCTAVIE, NERON, EMILIE.

OCTAVIE.

Oui, je viens, Neron, te secourir;
Et mourant à tes yeux, te resoudre à mourir.
Tu m'as voulu charger d'une tache trop noire,
M'exiler, me ravir les titres de ma gloire;

J'ai fçû les conferver en abregeant mes jours.
J'ai pris contre l'exil le poifon pour fecours.
Le peuple te pourfuit, te cherche, te menace,
Et l'opprobre & la mort vont combler ta difgrace.
Le Ciel te laiffe encor le maître de ton fort,
Termines-en le cours par une illuftre mort.
Il eft tems que toi-même enfin tu te condamnes,
Meurs, & merite encor de rejoindre mes manes.

SCENE DERNIERE.

NERON feul.

Elle meurt: ah! grands Dieux! vous êtes fatisfaits,
Cette mort met le comble enfin à mes forfaits.
J'éprouve, mais trop tard, vôtre jufte vengeance.
Qu'elle repare bien vôtre lâche indulgence!
Vous avez contre moi fufcité les Romains,
Et vous m'avez lancé la foudre par leurs mains.
Mais pour me faire mieux fentir vôtre colere,
Vous permettez, grands Dieux, que la raifon m'é-
    claire.
Importune raifon, avec tes vains remors,
Pourquoi t'ai-je à prefent? que ne t'avois-je alors?
J'entends que c'eft mon fang que ta voix me de-
    mande,
Et tu veux que ce foit ma main qui le répande:
Mais ma main fe refufe à cet illuftre effort.
Ah! Neron, il eft tems de confommer ton fort;
Il eft tems que fur toi ta juftice s'éprouve,
Que par un dernier coup tout le monde t'aprouve;
Par toi même accufé, condamné, convaincu,
Meurs, Neron, meurs enfin mieux que tu n'a vêcu.

F I N.

www.ingramcontent.com/pod-product-compliance
Lightning Source LLC
LaVergne TN
LVHW052159050726
842523LV00017B/417